KB239718

대한국인의 노래

한민족 역사담론서사시

대한국인의 노래

| 최범산 지음 |

달과소

序 文

역사(歷史)를 잊은 민족에게 미래는 없다.

역사라는 과거(過去)는 오직 과거로서만 존재하는 것이 아니라, 과거의 현재적 사실로 등장한다. 또한 현재와 미래를 살아가는 사람들의 인생관과 가치관, 민족의식, 윤리의식의 형성에 끊임없이 작용하며, 현대사회의 시대 상황에 따라 여러 분야에서 현재화된 모습으로 재현되기도 한다.

나는 이 작품에서 오랜 세월 우리 사회에 통용 내지 방관되어 왔던 사대주의, 식민주의 사관을 단호히 배격하고, 올곧은 민족사관(民族史觀)을 바탕으로 육천 년 민족사(民族史)를 재조명하는 태도를 견지하였다. 그리고 한민족 역사 깊숙이 숨겨져 왔던 진실들을 찾아내어 인류문명의 시원(始原), 동방의 빛, 인류 광명으로 빛나던 한민족 역사의 부활을 천명하였고, 항일독립전쟁 40년 역사를 통해 패배적이고 자학적인 역사인식, 곧 식민사대주의를 떨쳐버릴 수 있는 민족정신, 민족정의를 찾아내려는 노력을 멈추지 않았다.

대한국인의 역사는 과거를 살았던 우리 선조들이 오늘과 내일을 살아갈 후손들을 위해 역사의 시공(時空)에 남겨준 위대한 선물이며, 한민족 삶의 공간에서 끊임없이 진보하며 순환해야 하는 진실들이며, 밝고 강건한 대한의 미래상을 길어 올리는 지혜의 보고(寶庫)이다.

단군조선(檀君朝鮮) 건국 이래 수천 년 동안 천손민족의 긍지를 품고, 민족자존(民族自存)을 굳게 지키며 옹골차게 살아온 대한민족.

하늘로부터 부여받은 홍익인간의 정신을 바탕으로 하는 철학과 사상, 한민족 고유문화와 예술을 계승하며 민족의 융성(隆盛)과 발전을 이룩하여 왔고, 세계 인류사에 길이 빛날 민족사를 창조하며 살아왔다.

그러나 안타깝게도 일제치하 민족사의 암흑기를 거치면서 우리 역사를 얕잡아 헐뜯는 풍조가 생겨나게 되었고, 광복 이후 미군정 통치와 이념적 갈등으로 민족 주체성을 상실하고, 외세 의존적인 병폐로 인한 극한 대립과 민족분열을 불러오고 말았다.

조국 광복 이후 마땅히 처벌되어야 할 친일반민족사학자들이 한국사학계 주류로 등장하면서 고대사(古代史) 말살, 민족기상과 전통문화예술 경시, 항일투쟁사 축소 왜곡 등을 스스럼없이 자행하여 올곧고 자긍심 넘치던 국민정서를 피폐하게 만들었다. 설상가상으로 이승만 독재정권의 비호 아래 사회 각계를 장악한 친일반민족행위자들이 친미반공전사로 변신하여 반민특위 활동 방해공작, 일본제국주의 억압과 수탈의 역사 조작 은폐, 민족혼 말살

음모를 은밀하게 진행시켜 오던 중 4·19혁명으로 잠시 위기를 맞았다.

그러나 5·16쿠데타 불의부정(不義不正)한 독재권력과 다시 결탁한 친일파와 그 후예들은 개발독재 경제정책에 편승하여 부와 권력을 누리는 집단으로 급성장하게 되었고, 정치 사회 경제 교육 법조계 등으로 그 세력을 넓혀감으로써 역사정의를 바로세울 기회를 원천적으로 봉쇄당하기에 이르렀다. 더구나 유신정권의 몰락 후에 등상한 12·12쿠네타 세력의 언론통폐합을 통한 언론탄압, 역사바로세우기 방해책동, 민주화운동 탄압이 가중되어 역사정의, 사회정의, 경제정의가 사라진 암흑기가 다시 도래하였고, 정경유착, 부정부패 시대가 대한민국 사회를 병들게 하였다.

광복 70주년이 다가오는 오늘날에도 일제치하 억압과 수탈의 역사, 친일반민족행위를 정당화하려는 친일잔존세력들의 준동, 일본군국주의 부활을 선언한 일본 정치인과 혐한(嫌韓) 세력들이 다시 결집하여 한민족 평화와 민족정기를 유린하려는 조짐을 보이고 있다. 조국통일과 평화정착, 역사정의 바로세우기가 또 다시 위기에 직면하게 된 것이다.

조선말기 세계열강들 틈바구니에서 나약하고 무능했던 조선왕조, 이완용을 비롯한 매국노들 준동을 수수방관하던 지식인들의 소극적 행태가 국치망국(國恥亡國), 민족치욕의 비극을 불러왔듯이 오늘날 우리 주변에서 벌어지고 있는 미·중간 신냉전시대 개막, 일본군국주의 부활, 친일반민족세력들의 준동을 결코 가볍게 넘겨서는 안 된다.

올곧은 대한의 청소년들과 행동하는 지식인들은 우리 민족 역사 정립에 더욱 관심을 갖고, 친일사대(親日事大) 역사 청산, 민족정기 함양, 조국통일과 부강한 국가건설에 적극 나서야 할 사명(使命)이 있다.

위대한 역사는 민족을 빛나게 만들고,
정의로운 투쟁은 민족을 영광으로 이끈다.

우리는 이제 역사란 무엇인가를 뛰어넘어 누구를 위한 역사인가를 통찰하는 패러다임의 전환을 통해 세계열강들이 누구도 넘볼 수 없는 통일조국 대한민국을 건설하고, 동방의 빛, 인류의 광명으로 거듭나서 세계평화에 이바지해야 할 사명이 있다.

지난 10여 년간 만주 일대 항일독립전쟁 유적, 고구려 발해 유적을 답사하고, 백두산, 압록강, 두만강을 탐사하면서 보고 느끼고 깨달은 이야기들을 담은 「대한국인의 노래」가 세상에 빛을 볼 수 있도록 도와주신 지인들과 달과소 출판사 은희장 사장님에게 감사를 드리며 사랑하는 가족에게 이 한 권의 역사담론서사시를 바친다.

2014년 7월 7일

저자 최 범 산

제 1 부

개천(開天)

– 거룩한 하늘을 열다 –

태초(太初)에 없음은
아무 것도 없음이 아니오
없음으로 비롯된 하나이니

하나는 둘을 낳고, 둘은 셋을 낳고
셋은 만물을 낳는다

하늘은 하나로써 하나가 되고
땅은 하나로써 둘이 되고
사람은 하나로써 셋이 되니
하늘과 땅과 사람은 본디 하나니라

1

까마득한 어둠
작고 뜨거운 점
하나
한 줄기
거룩한 빛이 비춘다

한 줄기 빛이 빚은
고요한 텅빔
한 울이 열린다
한 하늘이 열린다
우주 첫밤
만유의 개천(開天)이다

하느님이 마음을 열고 섭리를 세우시니
혼돈은 어둠을 낳고 어둠은 밝음을 낳고
밝음은 허공을 낳고 허공은 하늘을 낳는다

하느님이 밝음으로 뜨거움을 만드시니
뜨거움은 다시 불이 되고
어둠으로 차가움을 만드시니
차가움은 다시 물이 되느니라

하느님이 밝고 뜨거운 불로
만유 생명 태양을 빚으시어
허공에 걸어 놓으니
동방이 밝아오는 아침이 되었다

하늘이 열린 첫 아침

차가움이 따스함으로 흐르며
샛바람 홀연히 허공에 솟구치니
굳음은 땅이 되고 들이 되고 산이 되었다

하느님이 차갑고 어두운 기운으로
해 빛깔 별들을 빚으시어
은하에 걸어 놓으니
서녘이 붉게 닫히며 저녁이 되었다

하늘이 열린 첫 저녁
따스함이 차가움으로 흐르며
붉은 골짜기 흰 안개 피어나니
젖음은 샘이 되고 강이 되고 바다가 되었다

2

하느님 성수(聖繡) 놓으신 밤하늘
스물 여덟 별 자리
수성 금성 지구 화성 목성 토성
천왕성 해왕성 명왕성
보석처럼 빛나는 아홉 개 별
해를 안고 허공을 가른다

별 중에 별
숨 쉬는 별 하나
지구(地球)

아침을 몰고 온 시간들이
노을에 젖는 저녁

나직이 태동하는 생명들
고요히 숨쉬는
하루

스무 이레 반나절
달을 안고
서쪽에서 동쪽으로 도는 별
서산으로 떠오른
초승달 어둠에 젖는 그믐
달빛에 피어나는 생명들
보름달 기다리는
한 달

삼백 육십오 일
태양을 안고
동쪽에서 서쪽으로 도는 별
모든 생명들이 윤회하는
한 해

하늘에서 내려온 따스함은
차가움으로 서늘함이 되고,
대지에서 피어나는 차가움은
태양의 뜨거움으로 따스함이 되니

소쩍새 울음에 젖는
샛바람 대지에 새움이 돋고
마파람 열풍 불어오는 초록등성에
녹음이 우거지고
황금들판을 스치는 하늬바람
들뫼들 울긋불긋 물들면

차가운 속삭임 북풍한설 나목들
눈꽃이 열리는 세상

봄 여름 가을
그리고 겨울

홍시같이 익어가는 어둠
해를 몰고 산등성 너머로 사라지면
다시 밝은 아침을 부르는
새벽

무한의 시간이 머무는
씨줄날줄
불멸의 윤회
쉼없이 돌아가는 시간의 바퀴
숨 쉬는 별
뭇 생명들의 낮과 밤

아우성치며 일어서는 생명들
사계를 안고
바람처럼 흘러가는
스물 네 절기
삼백 예순 닷새
삼백예순 다섯 가지 세상

허공을 날으는 무한의 존재
숨 쉬는 지구
만유생명들에 해밝은 세상
하늘과 땅과 사람들
하느님 섭리에 포근히 젖는다

3

우리들의 거룩한 하느님
천지만물 홀로 창조하시고
해밝은 천지 그윽이 바라보시다
두루 인간을 이롭게 하는
사람들 세상

하늘 뜻 지상에 펴기 위해
거룩한 정령으로 화하시어
천부인(天符印) 받들고
광명천지(光明天地) 삼위태백(三危太白)
신단수로 강림하시니라

비와 구름과 바람을 다스리는
우사 운사 풍백
삼백예순 여섯 가지 세상 일 주관하는
삼천 무리 함께 오시니

한밝뫼 삼천 묏부리
오색 무지개 드리우고
찬란한 태양 그윽한 빛내림
어머니 젖가슴처럼 솟아오르는
대지의 해오름
비단 같은 하늘길이 열렸다

4

한밝뫼 배달 신시를 창조하신
우리들의 하느님
신단수 동서남북 거룩한 강역
천안(天眼)으로 두루 돌아보시고 이르시길

한밝 태백(太白)은 광명(光明)이오
배달은 동방(東方)이니
두루 사람을 이롭게 할 땅이니라

한밝뫼 성스러운 정화수
한 움큼
한밝뫼 거룩한 황토
한 움큼
천원지방(天圓地方) 제단에 올려놓으시고

하느님 뜻 사람 형상 빚으시어
하늘 조화(造化) 불러오고
땅에 기운(氣運) 불러내니
정화수 피가 되고, 황토는 살이 되어
거룩한 사람 육신으로 화하도다

하느님 들숨날숨 불어 넣으시고
영묘한 영혼을 일깨우시니
하늘이 내린 거룩한 사람
대자연의 아들
밝은 나라 밝은 임
한민족 시원(始原)
동방의 빛,

인류의 광명으로 세상에 오신 하람
지상 교화주(敎化主)
임께서 탄생하시도다
일월성신 삼라만상 삼천무리
모두 나와 경배하고
거룩한 하람님 찬송(讚頌)하니

해빛깔 홍포(紅袍) 눈부신 흰옷
황톳빛 피부 빛나는 눈
푸른 하늘로 날리는 검은 머리

하늘 뜻 거룩한 하느님 사람
하늘이 내린 천부인을 받들고
한밝뫼 신단수 오르시어
만유찬송(萬有讚頌)에 화답하시니
온누리 밝은 세상
홍익인간 재세이화(在世理化)
하늘과 땅과 사람 하나 되는 세상
지상천국 배달신시 환(桓)하게 열리도다

5

하늘이 내린 거룩한 임
천제단(天祭壇)에 나아가
하늘을 우러러 세 번 절하고
하늘 주문(呪文) 세 번 암송하시니

백산흑수 아리수 요하
삼천굽이 비단벌

무한천지 여명이 밝아오며
만유생명의 빛 하얀 태양 떠오르고
하늘이 점지하신 풍요와 장수 평화의 땅
배달 신시
황금장막처럼 드리운 천기(天氣)
온누리로 퍼져가네

하늘에서 내려온 삼천 무리
하늘 뜻 받들고
하늘이 내린 거룩한 사람
치성(致誠)으로 섬기니 하늘도 감동하셨네

하늘에서 내려온 삼천 정령들
사람 되기를 원하니
하람님 거룩한 은총으로
배달 동산 웅족(熊族)이 되고
배달 서산 호족(虎族)이 되었다

천기(天紀) 333년 동안
하늘 뜻 거룩한 터전
한배달 신시
해달처럼 밝고 순수한 사람들
홍익인간 재세이화 화락순리
오순도순 더불어 살아가는
풍요롭고 평화로운 지상천국

하늘이 내린 땅
사방 삼천 리
천도(天都)를 이루고
오달진 인간세상 지상낙원이 되었다

6

한밝뫼 신단수(神檀樹) 뿌리를 내리고
거대한 솟대처럼 뻗은 줄기 하늘에 닿아
하늘과 땅과 사람들이 하나로 소통하니

밝은 나라 밝은 사람들
하늘 아래 첫 동네
기름진 들녘 풍요로운 산하

야트막한 돌담길 초가집
황톳빛 마을
다정히 속삭이는 밭이랑
뜸부기 우는 논 이랑
씨 뿌리고 가꾸는 사람들

이마에 흐르는 땀
샛바람에 씻고
동구 밖 시냇물에 발을 담그면
살진 오곡이 햇살처럼 익어가는 마을

신바람 품앗이 노랫소리
따사로운 들녘 가꾸는 손길들
풍년을 심어 가을을 거두니
천손의 후예 농자천하지대본이라

햇살 가득한 황토로
고이 빚은 빗살무늬 토기
무병장수를 빚는 장독들
살진 메주로 담근 된장 가득 담아놓고

쌀보리 감자 푸성귀 길러내어
막걸리 한 잔
김치 한 포기
이웃을 사랑하는 사람들

신바람 세시풍속 품앗이 상부상조
보리 한 줌 콩 한 톨
오롯이 나누며 살아가는 사람들

해 뜨는 한동해(韓東海)에서
해 지는 천산(天山)까지
장수와 풍요와 평화를 부여받은
해맑은 사람들

옹달샘 같은 아침
오순도순 나누는 이야기들
오붓한 다솜으로 빚은 저녁
인정이 오곡처럼 익어가는 동네

하늘이 내린 사람의 아들 딸
한밝뫼 배달나라 밝달과 아리

하늘처럼 사람을 섬기며
온새미 대지 맑은 호흡으로
더불어 살아가는 사람다운 사람들

하늘 뜻 하느님 사랑
사람과 사람으로 이어지는
베풂과 나눔

해 뜨는 아침의 나라
두루 사람을 이롭게 하는 세상
한배달 지상천국
동방(東方)의 빛 인류의 광명으로
장엄한 배달길을 열었다

7

하늘이 내린 사람들의 나라
밝은 나라 배달 신시
홍익인간 제세안민(濟世安民)
여덟 가지 율법(律法)을 세웠다

모든 선(善)을 행하고
만 가지 악(惡)을 물리치며,
살과 피를 물려준 어버이에게 효(孝)하고
탐욕을 버리고 사람을 사랑하며
살인하지 말고, 도둑질 하지 말라

하늘이 내린 나라 백성들
바른 성품으로 소통하는 세상
온전히 이루어지게 하라
그리하면 너희가 멸망치 않고
너희들 뜻이 하늘에 이를 것이다

하늘이 사람을 세상에 낼 때
차별 하나 없었으니
천부인권 홍익인간 재세이화
풍요롭고 평화로운 세상

천기 삼백 삼십 삼년 동안
하늘 뜻 섬기는 지상낙원에서
사람이 사람답게 살았다

8

오뉴월 햇살처럼 내리는 하늘축복
밝은 세상
세월은 강물처럼 흘러가고
하늘이 내린 사람들 융성하고 번성하도다

밝은 사람 밝은 마을 신바람 사라지고
시나브로 어두운 그림자 드리우니
차별은 시기(猜忌)를 낳고
시기는 갈등을 낳고
갈등은 다툼을 낳고
다툼은 증오를 낳고
증오는 인심을 병들게 하고
병든 인심은 죄악을 낳았다

하느님의 사랑과 자비
두루 인간을 이롭게 하라는
하늘 뜻 망각하고
서로 헐뜯고 시기하는 사람들
이악스러운 사람들

인간세상 폭력과 증오로 가득하니
가뭄과 홍수 번갈아 오고
기근과 돌림병 창궐하고

기름진 들녘 거북등처럼 갈라지고
거친 산맥 봉우리마다 불을 뿜고
깊어진 계곡 소용돌이치는 물살
산천을 휩쓸고 들녘을 할퀴고
마을을 들이쳤다

바닷가 언덕 거센 모래바람
골짜기마다 솟구치는 돌개바람
산등에 걸린 검은 구름
천둥 번개 장대비 진눈개비 몰아오고
온누리 기후 무시로 돌변하니
인간세상 풍토가 급변하였다

하늘이 내린 사람의 아들딸
해달처럼 밝고 순수한 사람들
천도(天道)를 거역하고
부모를 섬기지 않고
도둑질과 살인도 서슴지 않아
팔계(八戒)가 두루 무용하니

사랑과 자비 나눔과 베품 망각하고
선함과 악함, 참과 가달,
옳고 그름조차 분변치 못하고
교만과 위선
시기와 질투
후안무치(厚顔無恥)
어리석은 인간 죄악
봇물처럼 넘쳐나더라

해달이 이울지고

별들도 시나브로 빛을 잃어가는 세상
한밝뫼 배달 천지
어둠이 동굴처럼 깊어 갈 때
천길로 갈라진 땅
뜨거운 불기둥 하늘을 덮었다

9

하늘을 두려워하지 않는 사람들
탐욕에 눈먼 죄
인간성 상실

하늘이 내린 징벌
천지개벽
죄악의 늪에 빠져버린 사람들
비로소 두려움에 떨었다

하늘이 내린 구원의 땅
인간부활의 성소
한밝뫼 소도(蘇塗)

백일 동안 쑥과 마늘을 먹으며
하늘 뜻 홍익인간
여덟 가지 율법을 암송하며
눈물로 참회하고 회개하여
인간본성으로 돌아가는 길 열렸다

그러나 어리석은 사람들
스스로 저지른 죄악을 깨닫지 못하고

배달 신시 지상낙원 그리워하며
남 탓 세상 탓
율법 탓
밤을 지새고
개과천선 인간성 회복
죽음과 부활의 갈림길
백 일
하늘이 준 삼 세 번
끝내 사람다움으로 돌아가지 않았다

10

배달 신시 아사달 소도
삼백 일 동안
낮에는 비가 내리고
밤에는 눈보라가 몰아쳤다

하늘의 분노 대자연의 징벌
천지개벽
인간멸망의 시간 다가오니
나약하고 어리석은 인간들
비로소 천제단으로 나와
참회의 눈물을 흘렸다

하느님의 거룩한 명령
인간어둠 가득한 세상을 울렸다

너희는 무리를 이끌고
너희들 땅을 찾아가라

사해 대륙 어느 곳에 살든지
하늘 뜻 받들고
두루 사람을 이롭게 하라
그리고 사람다움 저버리는
어리석음으로
다시는 죄악의 늪에 빠지지 마라

너희가 인간본성을 되찾아
두루 인간을 이롭게 하는
하늘 뜻을 깨닫는 삶을 사노라면

너희가 저지른 죄악으로
너희들 세상 멸망하지 않고
배달 신시로 하여
하늘에 다시 이를 수 있을 것이다

11

하늘이 내린 천산백악 배달 신시
붉은 산 비단 벌 아사달
한밝뫼 백산흑수 우하량 아리수

하늘이 내린 거룩한 명령
인간성 회복
새로운 세상 찾아
천지사방으로 떠나갔다

배달신시 백악에 살던 백족(白族)은
자작나무 숲을 지나

바이칼 호숫가 스키토아바칸을 세우고
툰드라 지평선 닮은 슬라브족이 되었고

배달신시 흑수에 살던 흑족(黑族)은
서쪽 비단길 사막을 지나
나일강변 초원에 아문국을 세우고
흑수를 닮은 아프리카누스가 되었고

아사달 서쪽 요서에 살던 화족(華族)은
태산 아래 양자강 들판으로 가서
앙소 반고국(盤古國)을 세우고
황하를 닮은 지나인(支那人)이 되었다

배달신시 대능하에 살던 흑소족은
샹그릴라 히말라야를 넘어
갠지스강가에 베다국을 세우고
갠지스를 빼닮은 아리안이 되었고

배달신시 천산에 살던 청소족은
발하시호 지나 메소포타미아로 가서
수메르 문명 아라비아 청족이 되었고

아사달 아리라에 살던 홍소족은
우수리 연해초원 브리야트 태양족이 되고
사할린 쿠릴열도 알라스카 에스키모가 되고
록키산맥 인디언이 되고
안데스 아마존 마야족이 되었다

12

하늘이 내린 사람의 아들딸
아사달 배달족
아리수 불함산 기슭에 천제단을 쌓고
하늘 뜻 거스른 죄
탐욕과 무지로 지은 죄를 회개하고
밝은 나라 밝은 겨레
삼한조선인(三韓朝鮮人)으로 거듭났다

우주만물 홀로 창조하시고
하늘에 오르신 우리들의 하느님
배달신시 아사달
멸망으로 징벌치 않으시니
밝은 나라 밝은 겨레
삼한조선인
모두 나와 하느님을 찬송하였다

동이한족(東夷韓族) 배달나라
하늘이 내린 사람의 아들딸들
원구단에 나아가
풍년과 다산을 기원하고
마을 어귀마다 장승 솟대 세워
하늘과 땅과 사람이 소통하니

아사달 홍산 우량하 압록요하
대야(大野)의 해오름
대해(大海)의 용오름
하늘 축복 드리운 드넓은 대지
배달문명 도도한 줄기

거룩하고 또 거룩하도다

마고할미 지모신(地母神) 북두칠성 칠성신
성황당 목신(木神) 아라마을 용왕신
아사달 신시 삼천삼백 도당(都堂)마다
천지물 정화수 떠 놓고
무병장수 풍년풍어
거룩하고 지혜로운 자손 점지 하옵소서

천지인(天地人) 일월성신 울력으로
삼해(三海)는 고요하고
산하들녘 풍년을 이루고
자손들 번성하고
시절은 때를 알아 가는 듯 다시 오니
거룩한 하늘 뜻 땅에 이루는
거룩한 세상이 열리도다

하늘 소리 징소리
땅에 소리 북소리
신명난 사람들 노랫소리
태백산 얼씨구 아사달 절씨구
신바람 지화자 절씨구
배달신시 거룩한 터전
아사달 광명 환(桓)하게 밝아왔다

하늘이 내린 사람의 아들딸들아!
두루 인간을 이롭게 하고
두루 세상을 이롭게 하는
너희들 세상
하늘과 땅과 사람 하나 되는

너희들 나라를 세워라

그리하면
하늘이 내린 너희 민족
너희 나라
풍요와 장수와 평화로 하여
동방의 빛
인류의 광명이 되리라

제 2 부

개국(開國)

- 동방의 빛 인류 광명(光明) -

하늘이 내린 사람의 아들딸
한민족(韓民族) 육천 년 역사
해 뜨는 아침의 나라
삼한조선(三韓朝鮮)

한민족사의 시원(始原)이며
인류 창세문명의 대본류이며
동방(東方)의 빛,
인류의 광명(光明)이다

역사를 잊은 민족에게 미래가 없고
민족 시원을 잊은 사람들
올곧은 민족혼(民族魂)을 꽃피울 수 없다

한민족 육천 년 광영
민족자존(民族自存)의 역사
올곧은 민족정신
하늘처럼 섬기고 강물처럼 이어가라

그리하면 동방의 빛 인류의 광명으로 빛나는
대한문명(大韓文明)을 반드시 대면할 것이며
위대한 대한국인의 얼을 영검(靈驗)하게 되리라

13

하늘이 내린 사람들의 나라
한밝뫼 배달국 신시(神市)
홍익인간 재세이화
밝은 나라 십이환국(十二桓國)

하늘 뜻 세상에 펼치기 위해
하늘이 내린 사람의 아들
단군왕검(檀君王儉)

하늘이 내린 징표 천부인을 받들고
백두산 아사달 성소에
해 뜨는 아침의 나라
단군조선(檀君朝鮮) 건국하시니
단군기원(檀君紀元) 원년(元年)
시월 초사흘이다

천기어린 사방 삼천리
백두산 아사달 신시(神市)
해밝은 사람들의 나라
단군왕검이시여
우리들의 거룩한 임이시여
온누리 인류(人類)
제사장이시여!

삼라만상 홀로 창조하시고
배달 신시 빛줄기 타고
하늘에 오르신 우리들의 하느님을 위하여
천원지방(天圓地方) 돌제단을 쌓는

밝달단군 제사장이여!

아사달로 하여 온누리 광명이 되고
아사달로 하여 천리(天理) 깨우치고
아사달로 하여 하늘과 땅과 사람
하나 되는 세상

육천 년 거룩한 터전
옹골찬 대한문명 찬란한 빛줄기
불멸의 한겨레여!

14

단군왕검 조선을 건국하시고
곡식 수명 질병 형벌 선악을 주관하시고
홍익인간 재세이화 위민이천
온누리 두루 펼치시니

삼한조선 해밝은 세상
풍요와 장수와 평화
아사달 해밝은 백성들
하늘을 우러러 삼배하고
단군왕검 찬송 하늘에 이르더라

뭉게구름 신비 목화처럼 피어나는
아사달 웅혼한 산줄기
아리수 요하 솔꽃가람
용틀임하는 강물
지평선 너머 드넓은 평야

실개천 굽이 흘러가는 들녘
살진 풍요 드리운 논밭
어머니 젖가슴
뒷동산
나지막한 돌담 오솔길
조가비 같은 초가집
황톳길 속삭이는 마을

뒷동산 오솔길 소쩍새 울면
수줍은 아낙으로 피어나는 진달래
민들레 씀바귀 푸르른 보리밭길

뜸부기 노래하는 논두렁길
뻐꾸기 산등성 울음 따라 풀피리 불며
온새미 자연으로 더불어 살아가는 사람들

오월오일 수릿날 단오신일(端午神日)
아침 이슬 머금은 약쑥을 뜯는 여인들
단오비음 창포에 머리를 감고
녹색 저고리 붉은 치마를 입었다

눈부신 오월 신록바람 너울대는 마을
신바람 남정네들
난초 같은 창포 허리춤에 차고
힘자랑 샅바잡고 씨름할 때
시집살이 여인네들
창공을 가르며 그네를 탄다
천중절 광대는 탈춤 사자춤
마당놀이 외줄타기 신명이 저절로 난다
동리 아이들 처녀총각 덩달아

어깨춤 들썩이며 황톳길을 달린다

하늘에 제사하고 소원성취 무병장수
풍년풍어 기원하며
동리 사람 모두 모여 수리취 망개떡 나누고
밀가루 지짐 막걸리 음주가무
밤낮으로 즐기는 동네

팔월 보름 가배 중추절
해와 달에 제사하고
조상님들 영전에 성묘하고
햅쌀 갈아 송편 빚고
부침개 수수전병 토란국
막걸리 한사발로 춤추고 노래하는 사람들
더도 말고 덜도 말고
한가위만 같아라

두레길쌈 삼베 모시 짜는 부녀들
설운 가슴 올올이 새긴 베틀가를 부르네

시월 동지 섣달
동리 사람들 한 곳에 모여
하늘에 제사하고 풍년을 감사하고
마을의 안녕을 기원하며
이웃을 사랑하는 상부상조 전통

하늘 뜻 섬기는 한겨레
신바람 전통풍습
백두산 아사달 너른 들
하늘과 땅과 사람들 하나되는 세상

15

붉은 산 붉은 계곡 사람들
하늘 뜻으로 새긴 갑골(甲骨)
옥웅룡(玉熊龍) 옥거북 옥결 곡옥(曲玉)

하늘이 내린 옥(玉)
불사불멸의 상징
신비로운 생명 원류
어두운 세상 밝히는 푸른 광명

요하 우하량 여신묘
강원도 고성 문암리 옥결
신라 왕관 곡옥

대륙대양을 누비던 육천 년 배달문명
한겨레 얼이 새겨진 역사의 징표
배달민족 표상
비파형 동검(銅劍) 구리거울
대자연의 숨결 빗살무늬 토기

대릉하 비단벌 한민족 성소(聖所)마다
거북갑 동물뼈 복골복하니
천강 지기(地氣) 충만하다
배달나라 홍산 문명 거룩한 발자취
하늘이 내린 지상문명
옥기문화 갑골(胛骨)에 새긴
배달 광명
인류문화 인본 대본류

배달 신시 삼한 조선
한민족 고대역사
지금은 남의 땅
잊혀 간 서러운 역사
황량한 지나(支那)에 묻혀 있네

대륙대양을 호령하던 한민족 후예들
육천 년 찬란한 문명
21세기 인류광명으로
다시 부활하는 대한국인
하늘이 내린 사람의 아들딸
민족사명
역사광복(光復)
남북통일
다물

팔천만 겨레의 비원
아직도 못다 이룬 우리들의 염원
남북통일 이루는 날
자주대한 민족자존 되살려
동방의 빛,
인류 광명으로
다시 빛나는 그날

한겨레 단군조선 고구려 발해
찬란한 역사
하얀 태양
해 뜨는 아침의 나라
햇살처럼 다가올 다물(多勿)시대

16

우리는 하늘이 내린 사람의 아들딸
대한조선(大韓朝鮮)의 밝달과 아리
한겨레 발자취를 찾아가는
올곧은 정령

고기(古記) 기록하여 전하기를
배달은 동방(東方)의 빛이요
태백은 광명(光明)이니
배달국 아사달 조선은
동방의 빛 인류의 광명이라

배달국 삼한조선 자오지(慈烏支)
치우천황(蚩尤天皇)
구리 머리 철 이마 소뿔투구
장엄한 형상
배달겨레 군신(軍神)

우레와 비를 만들고
강산 줄기 넘나드는 신통력
풍요롭고 화평한 세상
삼한 배달국
대릉하 갈석산 청구(靑丘)
일백구 년 다스린 천황

도깨비 형상 소뿔투구
번개부대 거느리시고
중원을 다스리던 지나인(支那人)
신농염제(神農炎帝)를 정벌하였다

감히 천하에 천자가 되려는
황제헌원(皇帝軒轅)
중원 군사를 이끌고 쳐들어오니
치우천황 용맹한 군사들
탁록(涿鹿) 벌판으로 나가 대적했다

치우천황 안개 전법
헌원군 지남차 수레로 달려드니
비석박격기 소나기처럼 돌을 쏘아 올려
헌원군 진지 초토화시켰다

십 년 동안 일흔세 번
치열한 전투
황제헌원 항복하니
삼한조선 배달국 치우천황
탁록의 군신(軍神)으로 추앙받았다

17

2002년 서울 월드컵
한국 축구 대표팀 수호신
치우천황
붉은 악마
한민족 하나로 뭉쳤다

도깨비 형상 신통한 울력
승리의 북소리 한겨레 울림
소리치는 붉은 깃발들
대한민국 함성 전세계 진동시켰다

월드컵 뜨거운 열기
배달민족 활달한 기상
대한국인 위대한 힘
붉은 악마 치우천황 붉은 깃발
대~한민국
대~한민국
하나 되는 외침

백두에서 한라산까지
한동해에서 한서해까지
하늘이 내린 사람의 아들딸들
꿈은 이루어졌다

한국축구 월드컵 사상
미증유의 쾌거
세계4강
새로운 신화를 썼다

18

중국 북경시 서북쪽 하북성 장가구시 탁록현
치우천황 헌원 염제
삼조당(三祖堂)

배달국 치우천황
중국인 조상으로 왜곡하여
배달국 삼한 조선 역사와 강역
중국 고대사 편입
이름하여 동북공정(東北工程)

비굴한 침묵
친일사대 보수사학자들
조용한 외교
무지몽매한 대중 외교
부끄러운 시대

낡은 실증주의 홍두깨처럼 내밀며
해 뜨는 아침의 나라
배달국 단군조선 역사
치우천황 존재조차 부정하니
도대체
그들은 어느 나라 사람들인가

치워라
무지하고 비굴한 작태

치졸한 반도사관 노예가 되어
조공과 굴종의 역사
일제 식민사관 신봉자가 되어
패배주의 사관
온 세상 감염시키 자들

섬나라 왜놈들 교활한 음모
앵무새처럼 읊조리던
조선사편수회
이병도 신석호 최남선

친일반민족 사관 더러운 역사인식
금과옥조처럼 떠받드는
친일반민족 사학자들

그 제자들
한민족 고대사 부정하니

올곧은 역사 진정한 역사광복
대륙대양의 꿈
다물(多勿)
이 땅에 성취될 날
그 언젤런고

19

한민족 배달국 단군조선 아사달 터전
기자조선 위만조선커녕 한사군(漢四郡)
그림자조차 얼씬거린 적도 없었다

조선총독부 식민사관 원흉들
왜인(倭人) 쓰다 소키치 이마니시 류
하늘처럼 떠받들던 조선사편수회
주구(走狗) 이병도 낙랑군고(樂浪郡考)
친일사학계 너절한 군상들
오늘도 금과옥조처럼 떠받드네

한사군 낙랑 유적 중국 후한서 기록
갈석산(碣石山) 수성현 만리장성 시발점
하북 산해관 발해만 지역이건만
친일사학 괴수 이병도
황해도 수안이라 왜곡하니
우리 역사 우리 땅
그렇게 날조하고 부끄럽지도 않았던가

어찌 그것뿐이겠는가
일본 식민사관 악성바이러스
친일보수 강단사학
낙랑군고 연구서
중국 동북공정 고구려 발해사 왜곡
전가보도(傳家寶刀)로 쓰게 했으니
반민족 역사왜곡 어찌 비난하지 않으랴

한민족 고대사 뿌리째 흔들어 놓고
대학 강단 더럽히고
국사편찬위원장 문교부 장관을 역임하며
더럽고 추악한 친일식민사관
교묘하게 심어놓고
왜왕을 위해 할복하는 왜놈들처럼
한마디 사죄도 없이
일본을 위해 죽었다
중국 사기(史記) 후한서
갈석산 넘어가면 조선(朝鮮)이다
눈이 멀어 못 보고
한사군(漢四郡)은 요동(遼東)에 있었다
석주 이상룡, 단재 신채호
진실하고 고귀한 말씀
귀가 먹어 못 들었는가

조선의 민족정기 말살하라
조선의 역사 축소왜곡하라
조선사편수회 부끄러운 이름들
식민사관 악령 씌운 친일사학자들이여

찬란한 한민족 역사

항일독립전쟁 40년 역사
축소 왜곡 은폐

이제
그 더러운 손 치워라

비겁한 친일파 구하기
거짓과 위선으로 무장한 강의
진실이 목말라 찾아온 청년들에게
철면피하게 나불대는
비열한 역사왜곡 책동들
부끄럽지도 않느냐
너희 목구멍 채우려 역사왜곡
가당치 않다

너희들 가슴에 손을 얹고
가슴 깊은 곳
양심의 소리를 들어라
이제라도
역사의 진실을 밝히는
광명의 길로 나서라

20

단군기원 이천구십 오 년
단군의 후손 태양의 아들
해모수(解慕漱)
하늘에서 다섯 마리 용이 끄는 수레를 타고
송화강 곰달산 기슭으로 내려와

태양의 나라 북부여(北夫餘)를 건국하고

단군과 하백녀의 아들
해부루(解扶婁)
동해 바닷가 가섭원에 나라를 세우고
흑룡강 연해주 함경도 일대를 다스리는
동부여(東夫餘)를 건국하고

두만강 동북 지방 북옥저(北沃沮)
함경 주흘 해안가 동옥저
낭림산맥 원산 강릉 동예
한강 섬진강 낙동강 유역 대진국, 목지국,
후삼한(後三韓) 마한 변한 진한이 있었으니

단군왕검 아사달 신선이 되어
하늘에 오르신 후
하늘이 내린 백성들
한밝뫼 아사달
열국(列國)시대 열렸다

21

북부여 해모수
백악산(白岳山) 아리라 송화강역(松花江域)
태양신시(太陽神市)를 열었다

아리수 압록을 유람하던 해모수
하백의 딸 유화(柳花)를 만나
첫눈에 사랑하게 되니

사랑의 여신 유화
하백의 노여움을 사게 되어
하신국(河神國)에서 쫓겨나
백두산 압록강을 떠돌게 되었다

동부여 해부루 아들 금와(金蛙)
백두산 남쪽 우발수로 사냥을 나갔다가
신비롭고 아리따운 여인
유화의 아름다움에 취해 대궐로 데려갔다

항상 햇빛이 따라다니는 유화
기이하게 여긴 금와
궁중 깊숙한 방에 가뒀는데
백일 동안 신비로운 빛이 유화 곁을 지키더니
황금알 하나를 낳았다
알은 하늘이 내린 생명이요
우주의 표상이니
금와가 두려움에 떨며
궁궐 밖 들판에 내다버렸다

온갖 짐승들 먹지 않고 밟지도 않고
새들이 날아와 깃털로 감싸고
한줄기 햇빛 따라다니며 알을 비추자
황금빛 어린아이가 태어났다

만유 생명의 태양
빛줄기 타고 내려온 천기(天氣)
백두압록 지기(地氣) 받고
태양의 아들 해모수
물의 여신 유화

해맑은 정기(精氣)를 받고 태어난
고구려 시조 주몽(朱蒙)

영특하고 비범한 주몽
금와의 일곱 아들이 죽이려하자
유화 부인이 씨앗과 명마를 내주며
새로운 땅으로 가서 큰 뜻을 펼치라 하였다

세 명의 부하를 데리고
부여를 탈출한 주몽이 엄수에 이르렀을 때
강물이 깊어 건널 수가 없었다

나는 천제(天帝)의 아들이며
하백의 따님을 어머니로 모신 추모왕이다
나를 위하여 갈대를 연결하고
물고기와 거북이 무리를 짓도록 하라

강물을 향해 크게 외치자
갈대가 물위로 떠오르고
물고기와 자라가 모여 다리를 만드니
무사히 엄수를 건너
하늘이 내린 땅
동가강 비류수(沸流水)에 도착했다

천제의 손자이며 하백(河伯)의 외손자
고구려 시조 주몽
풍요와 장수와 평화
두루 인간을 이롭게 할
졸본환인(卒本桓仁)

하늘과 땅과 사람이
하나 되는
산고수려(山高水麗)
천혜의 요새
깎아지른 절벽 산등성 너른들
졸본성(卒本城)

송화강 백산흑수 호령하던
금와(金蛙) 일곱 아들 물리치고
태양신 삼족오 받들고
삼한조선의 혼
배달민족 태백 광명
고구려(高句麗)를 건국하니
단기(檀紀) 이천이백구십 육 년이었다

환인 졸본성 연타발의 딸
소서노(召西奴)
고구려 주몽과 혼인하여
비류와 온조를 낳고
고구려 건국 지대한 공헌을 하였으나
주몽의 큰아들 유리(瑠璃)가
북부여에서 돌아와 태자로 책봉되자
소서노는 비류와 온조를 데리고
한강 위례로 내려왔다

천기와 시류를 읽는
지혜의 여인
소서노(召西奴)

해 뜨는 아침의 나라 조선

태양의 나라 고구려
백가제해의 나라 백제 창업을 도왔던
불세출의 여인

비류는 서해바닷가 미추홀에
비류(沸流)를 세우고
온조는 하남(河南)위례에
십제(十濟)를 세웠다

비류는 미추홀에서 호서 웅진으로 천도하여
해상세력을 규합하여 영토를 넓히고
요서비류 산동비류국을 세워
해상왕국 건설하였다

그러나 광개토태왕과의 전쟁에 패하여
유민을 이끌고
왜열도(倭列島)로 건너가
아스카 문명을 세웠다

온조는 목지국 마한소국을 정벌하고
서해 건너 양자강 화북평원
산동반도 넓은 지역을 평정하여
백제성을 세우고
기호 강남 웅진가람 기름진 들녘
서남해 드넓은 바다 다스리는
백가제해(百家濟海) 나라
백제(百濟)를 건국하였으니
단군기원 이천삼백 십오 년이었다

22

까마득히 먼 옛날
김해 분산 구지봉(龜旨峰)
청명한 하늘에서 붉은 끈에 달린
황금알 여섯이 내려왔다

밝고 상서로운 햇살
황금알 환하게 비추니
구야한국 아홉 족장
하늘의 계시를 받고 구지봉에 올라가
막대로 땅을 치고 발을 구르며
구지가(龜旨歌)를 불렀다

거북아 거북아
수로를 내놔라
만약에 내놓지 않으면
그물로 잡아서 구워 먹으리라

하늘 뜻 받드는 노랫소리 하늘에 이르자
붉은 빛 정령 여섯 알을 비추니
황금빛 여섯 동자가 탄생하였다

여섯 동자 여섯 고을에 터를 잡고
백성들 다스릴 때
김해 넓은 들 아홉 부족 아홉 족장들
하늘 뜻 받들고 백성들 뜻을 모아
수로(首露)를 임금으로 추대하였다

수로는 대가야 성산가야 아라가야

고령가야 소가야를 통합하여
낙동강 하구 김해들에
금관가야(金官伽倻)를 건국하였으니
단군기원 이천삼백 십육 년이다

금관가야의 김해 대성동고분
대가야의 고령 지산동고분
아라가야의 함안 말산리고분
소가야의 고성 송학동고분
가야국 오백 년 역사
가야의 젖줄 낙동강
오늘도 말없이 흐르고 있다

아!
슬픈 패배자의 눈물이여
오백년 왕업이여
잃어버린 역사여

23

아득히 먼 옛날
토함 남산 너른 들 서라벌(徐羅伐)
신비로운 하늘빛 길게 비쳤다

서라벌 육부 촌장
하늘빛을 따라가니
백마가 꿇어앉아 붉은 알을 품다가
하늘을 향해 길게 울고
천마(天馬)가 되어 하늘로 올라갔다

하늘빛 비추던 붉은 알에서
아름다운 동자가 태어났다
서라벌 육부촌장 상서로이 여겨
동자를 동천에서 목욕시키니
몸에서 광채가 나고
맑은 눈빛은 해를 닮았다

하늘이 내린 황금알에서 태어난 아이
세상밝힘의 뜻을 가진 혁거세
또는 불거내로 불렸다
육부촌장 추대 받아 나라를 세우니
서라벌 왕조 사로국(斯盧國)이다

혁거세가 진한소국 통합하여
동으로 해 뜨는 동해를 접하고
서쪽으로 달이 뜨는 월성 들녘
새와 짐승이 함께 춤추고
해와 달이 청명하니
하늘의 노래
천마의 노래
알영계림 강신(降神)의 노래
아시량 서라벌(徐羅伐) 토함산
사뇌가 울려 퍼졌다

토함산 하늘별 우러르고
동해태양 감은한 박혁거세
서라벌에 도읍을 정하고
신라(新羅)를 건국하였으니
단군기원 이천삼백 구십 년이었다

24

대한의 자랑스러운 아들딸로 태어나
몸과 마음을 수양하고
가정을 올곧게 이끌고
나라와 민족에게 기여하는 삶을
옹골차게 살아가는 길
지극히 어렵고 험난한 일일진대
하물며 한 나라를 건국하고
백성들 편안하게 하는 일이야
일러 무엇하리

하늘이 내린 사람의 아들
환웅의 배달 신시
해 뜨는 아침의 나라 조선 단군왕검
밝은 나라 부여의 해모수 해부루
웅혼한 기상 천하중심 고구려 고주몽
대양제국 온유의 나라 백제 온조
청동거울 철제투구 기마의 나라 가야 수로
천년왕조 황금왕관의 나라 신라 혁거세
동방대륙 금부처 영광탑의 나라 발해 대조영
민족통일 대업의 나라 고려 왕건
한글창제 달항아리 나라 조선 이성계

하늘이 내린 사람의 아들딸
한결 같은 평화사랑
예술사랑
대륙대양을 누비던 활달한 기상
신바람 상부상조
사람이 사람답게 사는 세상

동방의 빛 인류의 광명
사해동포 사랑과 자비를 위하여
옹골차게 살아온 민족
육천 년 찬란한 역사
보석처럼 빛나는 건국영웅들
밝은 지혜의 성현들
구국의 용사들
거룩한 영령들 앞에
옷깃을 여미고 고요히 고개 숙인다

한반도 중심
지구촌 시대를 열어갈
21세기의 아침

해달처럼 밝은 민족
자존과 긍지
우리글 우리말 빛나는 행복
고유한 민족문화 예술
어깨춤 저절로 나는 풍류
전통문화 유산 오늘에 남겨준
위대한 선조들

선조들 맑은 피 이어받아
해맑은 대한의 아들딸들
이제
손에 손을 잡고
강건한 대한민국
옹골찬 대한국인 영광의 길
오로지 하나
남북통일

한반도 중심
지구촌 시대를 열어갈
21세기의 아침

해달처럼 밝은 민족
자존과 긍지
우리글 우리말 빛나는 행복
고유한 민족문화 예술
어깨춤 저절로 나는 풍류
전통문화 유산 오늘에 남겨준
위대한 선조들

선조들 맑은 피 이어받아
해맑은 대한의 아들딸들
이제
손에 손을 잡고
강건한 대한민국
옹골찬 대한국인 영광의 길
오로지 하나
남북통일

제3부
옹골찬 대륙대양의 꿈

한민족의 역사는 민족자립과 번영의 힘,
민족혼의 정수로서
오늘을 살아가는 후손들을 위하여
위대한 조상들이 남겨준 최고의 선물이다

역사를 위한 역사는 없다
역사적 사실들이 현재의 가치로 되살아날 때
비로소 그 존재의미를 부여받게 되는 것이다

역사는 고루한 호사가들의 골동품 같은
탐욕적 가치로서의 존재가 아니라
인류의 삶을 풍요롭게 만드는 지혜의 보고로서
창조적 미래의 거울이다

역사는 인간이 존재하는 동안
끊임없이 순환하는 인간사(人間事)이며
시대의 거울을 비춰가며 찾아내는
고귀한 진실들이다

25

하늘이 내린 사람의 아들딸
동방의 빛 밝은 나라
고구려(高句麗)
하늘과 땅과 사람 삼신의 표상
삼족오(三足烏)
천손의 긍지

홍산적봉 요하 백산흑수
온 천하를 호령하던
동명성왕(東明聖王)
해 뜨는 동해에서 해지는 천산까지
고구려 영혼을 심었다

대무신왕 호동왕자
요동벌 낙랑을 몰아내고
소수림왕 경당 태학
만백성 교화로 이끌고
민중피안 부처의 가르침을 승인하니
만세유전 고구려 기상
칠백 년 왕업의 터전을 닦았다

대동강 을밀대 흑룡강 우수리
삼월 삼짓날 사냥대회 상무정신
시월 동맹 천제(天祭)
신바람 음주가무
하늘을 섬기고 풍류를 사랑한 고구려인

천하 중심 고구려 임금 광개토태왕

영락사해(永樂四海)의 꿈
그 누구도 넘볼 수 없는 나라
강성대국의 꿈
광활한 대륙 평화로운 세상
영락의 영혼을 심었다

국강상광개토경평안호태왕 석비(石碑)
자연석 높이 6.39m 너비 1.5m
사면에 새긴 고구려체 1,802자

동명성왕 고구려 건국
영락태왕 태양새
삼족오 깃발 날리던 광활한 영토
삼한조선 고구려 영광 새겼다

2004년 7월 14일
길림성 집안시 광개토태왕비
국내성 장군총 고구려 고분들
중국인들 세계문화 유산이 되었다

부끄럼도 모르는 역사도둑
지나인들아
손바닥으로 하늘을 가릴 수는 없다
우매하고 탐욕스러운 붓 허황된 역사논리
교활한 혀 날름거리는 영토사학 동북공정
더러운 역사왜곡

그대들은 아는가
강물은 낮은 곳으로 흐르고
나라는 흥망성쇠를 반복하니

영원한 나라 영원한 영토
세계 그 어느 곳에도 없었다

그대들 거짓으로 하여
진실은 영원히 묻히지 않으리라
곧이 곧 대로 가는 인간사
사필귀정(事必歸正)

섬나라 오랑캐 사코 가케노부
철면피한 탁본 위조
광개토태왕 석비에 석회를 칠하고
정(釘)으로 쪼아
임나일본부 조작한 것을
하늘이 알고 땅이 알고
역사가 안다

손바닥으로 하늘을 가리는
역사왜곡 날조
비열한 작태를 멈춰라
광개토태왕 성스러운 비문에서
그 더러운 손 치워라
진실은 언젠가 밝혀진다는
역사의 진리 앞에
무릎을 꿇어라

26

단군기원 이천구백사십오 년
영양왕 23년

수나라 우중문 30만 대군을 이끌고
감히 고구려를 침범하였다

고구려 명장 을지문덕(乙支文德)장군
청룡이 승천하고 독수리 비상하듯
일필휘지 오언절구
우중문을 조롱하고 시험했다

그대의 신비로운 계책은
하늘의 이치를 다했고
기묘한 꾀는 땅의 이치를 다했네
싸움에서 이긴 공 이미 높아
그만하면 만족할 테니
이제 그만두는 게 어떠한가

고구려 기상 을지문덕은 거짓항복을 청해
우중문이 퇴각할 구실 던져주고
수천 리 오랜 행군
지치고 굶주린 수나라 군사들
청천강으로 유인하여 번개 몰아치듯 공격하였다

허겁지겁 퇴각하는 수나라 군사
살수 청천강에 몰아넣고 거의 다 수장시켰으니
삼십만 군사 살아간 자 수천
을지문덕의 지략과 용맹 천하에 알렸다

천하 중심 단군의 후예
고구려를 침범하는 적들
결코 용서할 수 없었던 고구려 명장의 기개와 용맹
백절불굴 민족자긍의 표상이라

단재 신채호는 살수대첩의 승리를
을지문덕주의라 칭송하며 이렇게 기록했다

아무리 큰 나라 적이라 해도
우리는 반드시 나아가고
적이 아무리 강해도 우리는 반드시 나아가고
적이 사납든 용맹하든 우리는 반드시 나아가며
한걸음 물러나면 식은땀이 등에 젖고
털끝만큼이라도 양보하면 입에서 피를 토한다

고구려인 임전무퇴 백전불굴의 기백
천하 중심 천손의 후예
긍지와 자존
강인한 민족정신
천오백년 흐른 오늘도
대한국인의 귀감(龜鑑)이 되고 있다

산고수려(山高秀麗) 고구려의 빛이여!
대한국인의 위대한 영웅
을지문덕 장군의 영령이시여

남북분단 민족분열의 시련으로
옹골찬 민족 긍지 사라지고
온누리 비추는 태양
삼족오 꿈조차 잃어버린
젊은이들을 위하여
광활한 대륙의 꿈 심어주소서

활달한 고구려 기상
동방의 빛 인류의 광명

홍익인간 사상
밝은 나라 밝은 이들처럼
인류를 이롭게 하는 대한국인(大韓國人)으로
거듭나게 하소서

27

당나라 위협에 굴복한 영류왕
굴욕적 대당외교(對唐外交)
고구려 민족자존 천손의 긍지
헌신짝처럼 던져버리고
살수대첩 대승으로 사로잡은 수나라 포로
당나라로 돌려보내고
비굴한 얼굴로 조공을 바쳤다

천하 중심 대양의 나라 고구려인
천손의 후예
연개소문(淵蓋蘇文) 장군은 분노했다

가을이 깊어가던 평양성
문무백관 한자리에 모아놓고
고구려 군사 사열식을 거행할 때
연개소문 장군 추상같은 명령

사대주의 굴욕외교 왕족귀족 처형하고
궁중으로 노호(怒虎)처럼 달려가
고구려 굴욕 영류왕 땅에 묻었다

고구려 자존 연개소문 장군

민족정기 바로 세워
보장왕을 왕위에 앉히고
천하 중심 고구려 기상 천하에 알렸다

천하통일 꿈꾸던 당태종 이세민
60만 대군을 이끌고 요하를 건너
개모성과 요동성을 함락하고
고구려 항복을 압박하였다

연개소문 장군 건안성 안시성 전투
당태종 군사를 물리치고 여세를 몰아
만리장성을 넘어 당나라 요서지역 점령하여
당나라 콧대를 여지없이 꺾었으니
내 나라 내 민족을 겁박하면
위풍당당 고구려 기상으로 맞서 싸운
한민족의 영웅 연개소문 장군
배달민족 천손의 긍지
고구려인 기개와 민족사랑
천오백 년 흐른 오늘
겨레의 가슴을 울린다

28

압록강변 고적한 농촌
풍진 세상 등지고 초야에 묻혀
산비탈 자갈밭 갈던 을파소(乙巴素)
지혜롭고 강직한 성품 익히 들었던 고국천왕
정중히 대궐로 초청하였다

내가 외람되이 조상의 왕업을 계승하여
신하와 백성 위에 자리하고 있으나
지덕과 자질이 부족하여
나라를 제대로 다스리지 못하고 있소

그대는 훌륭한 덕목과 자질을 갖췄으면서도
지혜를 드러내지 않고 초야에 묻혀 있었으나
이제 나라와 백성을 버리지 않고
나의 초청에 응해 주었으니 고맙고 감사하오

내가 그대의 가르침을 받아
나라와 백성을 올바로 다스리고자 하오니
부디 마음을 다하여 주기 바라오

천하에서 널리 인재를 구하는 임금
고국천왕(故國川王)
얼마나 겸손하고 아름다운 초대인가

국상(國相)에 오른 을파소
강력한 개혁정책을 시행할 때
기득권을 누리던 귀족들
시기하고 무리지어 반기를 드니

삼족오 태양신전에 나아가
하늘 뜻을 받들고 돌아와
단호한 얼굴로 귀족들에게 말했다

때를 만나지 못하면 초야에 묻혀 살고
때를 만나면 벼슬길에 나서는 것이
떳떳한 선비의 삶이다

임금이 나를 후의로 대우하시니
어찌 예전에 숨어살던 시절처럼
사사로이 살겠는가

하늘이 내린 백성들 위하는 길
하늘 뜻 홍익인간 제세안민
을파소 국상 빈민구제 진대법(賑貸法) 시행하여
고구려 백성들 긍휼히 여기니

늙고 병들고 가난하여
스스로 살아갈 수 없는 백성들
홀아비 과부 고아 무의탁 노인들
매년 봄 구휼미 베풀고
관청 곡식 헐하게 빌려주어
가을추수가 끝난 10월에 갚게 하니
가난과 굶주림에서 벗어난 백성들
왕과 관리 칭송 자자하여 하늘도 감동했다

29

민생돌봄 홍익인간 제세안민
오늘날 정치 경제 관료들
귀감으로 삼아야 할
애민정신

고구려 시대정신 을파소
천팔백 년 세월 흐른 뒤
오늘의 대한민국
경제대국 무역대국 소리 날로 높아가건만

빈민구제 노인복지 장애인 복지
제자리 맴돈 지 이미 오래되었다

수백 억 횡령 끝없는 배임
대기업 악덕 재벌들
제 욕심 챙기기
경제관료 눈감고 아웅
대기업 성장위주 경제 드라이브
빈부격차 외면하고
고성장 허황된 길로 달음질치는 세상

끝도 보이지 않는 선진국을 향해
앞만 보고 미친 듯이 달려가는
브레이크 없는 전동차
허울 좋은 신자유주의 경제
선진국
모두가 행복한 세상
올곧은 국민 바보 만드는 속임수

어느날 느닷없이 날아올
민생경제 파탄

가난하고 병든 사람들
단칸 쪽방 추위에 떨고 있는 노인들
풍요 속에 빈곤인가
속임수에 당한 가련한 민중인가

경제 성장 탐욕에 희생된 목숨들
거대한 빌딩 숲
쪽방 그늘진 곳

바늘 같은 빛줄기라도
눈부시게 바라볼 날
그 언제 올 것인가

수십억 원 호가하는 아파트 즐비하고
백이십층 빌딩이 솟는 송파
삼전도 치욕을 잊은
부자들의 거리
그늘진
단칸지하셋방
생활고를 겪던 세 모녀
다음 달 월세 공과금을 남긴 채
고단한 삶을 스스로 접었다

정치인 관료들 입만 열면 내뱉는
경제대국 민생안정
엠비노믹스 칠사칠 공약
줄푸세 경제민주화
허언
세월 가면 언제나 드러나는
공약(空約)들

모든 국민은 인간으로서의
존엄과 가치를 가지며
행복을 추구할 권리를 가진다는
대한민국 헌법
얼마나 그럴듯한 속삭임인가
얼마나 달콤한 언어마술인가

매년 이십사억 불 외화도피

영악하고 날쌘 부자들
억대 연봉 금배지 거드름 국회의원
하루 5억 황제노역
부끄럼도 자취를 감춘 세상
법피아를 꿈꾸는 판검사 나리들
혓바닥에서나 춤추는
가련한 헌법 조문들
허리띠 졸라맨 민중들 절규
가난한 외침들

메아리가 살지 않는 나라
희망이란 말조차 사치스러워
내일을 포기한 사람들
풍요도 부끄러워 숨어버린
빈곤의 그늘
자살율 세계 1위
하루 40여 명
스스로 목숨을 끊는
부끄러운 경제의 나라

굶주림에 허덕이는 사람들
잘 살아 보세
외면한 채
재벌 만세
군인 만세만 부르던 시절
가련한 민중들
오늘을 죽여 내일을 살린다
허리띠 졸라매라던
개발독재
극악패덕 부패정치

교활한 재벌
공존공생 시대

헌법을 준수하고 국민복리 증진하겠다
국민 앞에 선서했던
가증스러운 대통령들
뻔뻔한 거짓말
수천 억 비자금 호주머니에 챙겨 넣고
고슴도치 제 자식 귀여워
수백 억 재산 부귀영화 물려주며
나의 전 재산 이십구만 원

윗물이 맑아야 아랫물이 맑다
후안무치한 자식들
뭘 배웠겠는가
개자식들

바보처럼 나라를 믿고
바보처럼 살아온 사람들
안녕들하십니까
어둡고 차가운 단칸셋방
연탄연기 자욱한 판잣촌 어두운 골목
따사로운 나라햇볕 들 날
그 언제나 오겠는가

국민을 위한 정치인들 사라진지 오래
눈먼 자들의 도시 여의도
사색당파 당리당략 권력욕의 거리
입만 열면 외쳐대는 민생안정 경제발전
한강나루 안개처럼 스러질 혓바닥 놀림

새빨간 거짓말
팥으로 메주 쑤는 얄팍한 속임수

금은보화 현금다발 가득한
재벌 금고
밑빠진 독인가
얼마나
더 채워야 하기에
수십조 현금자산 모아놓고
세계경제 전망 어둡다
내수경기 침체했다 징징거리고
세금 많다 투덜대면서
외화 빼돌리기
환차익 챙기기 잽싸게 해치우며
가난한 노동자들
사다리 없는 허공으로 내모는
탐욕극치 재벌들

오로지 경제성장 추종자들 등쌀
오직 사람들을 돈으로 보는 군상들 발길질에
숨막히는 사회
희망을 잃어버린 사람들

오늘도 브레이크 없는 지하철을 타고
새벽부터 늦은 밤까지
불안과 공포의 터널
달리고 또 달려야 하는 사람들
가엾은 가난
허리 휜 사람들
죽음을 부르는 경제 레이스

30

아리수 비단가람 영산강 젖줄
기호강남 황금평야
백가제해 해상왕국 백제
하남위례성 곰나루 공산성 부여 사비성
찬란한 칠백 년 왕업

백제의 숨결 국보 278호
백제금동봉황봉래산향로(百濟金銅龍鳳蓬萊山香爐)
1993년 부여 능산리 논바닥에서 발견되었다

봉황새가 살포시 내려앉은 향로
높이 64cm, 무게 11kg
무인 악사 승려 열여덟 인물상(人物像)
호랑이 사자 코끼리 사슴
예순 다섯 동물상
꽃나무 수려한 산봉우리
다섯 가지 악기를 새겼다
백제의 향기가 그윽이 피어나는
열두 개 구멍
하늘로 오르는 용의 다섯 발톱

천사백여 년 동안
논바닥 진흙 어둠에 묻혔던 금동향로
백제 불교 도피안 신선사상 어우러져
한줄기 연꽃처럼 피어난
백제 공예품의 진수

백제 25대 무령왕(武寧王) 사마(斯摩)의 무덤

단기 4304년 여름
공주 송산리 도굴된 무덤
이미 잊혀졌던 땅에서 발견되었다

천오백 년 베일에 가렸던
백제왕조의 역사
첫 선을 보이는 역사적인 순간

백가제해 삼해를 호령하던
백제 무령왕
찬란했던 백제의 문화
청동거울 은잔 금관장식 금귀고리 금팔찌
108종 2906점의 유물

어둠에 묻혔던 칠백 년 백제 역사
광명의 문을 열어주고
잃어버린 대양제국 백제를 증언하며
역사를 잊은 후손들
반도인 자처하는 열등의식
갈라진 사람들 서글피 바라보고 있다

31

비류백제인 왜(倭) 열도로 건너가
아스카 지방을 다스리고
일본의 자랑 아스카 문화 원류가 되었고
비류의 후손 신공황후의 아들
왜국(倭國) 응신천왕에 오른 후
천 년이 흘렀다

일본왕 아키히토는 천년 침묵을 깨고
칸무천왕의 어머니가 백제 무령왕의 후손임을
2001년에야 비로소 밝혔다

매년 11월 23일
일본왕실 이세신궁(伊勢神宮) 카구라전
조선신을 모시고 신상제(新嘗祭)를 올린다
햅쌀로 빚은 술과 음식 차려놓고
추수감사제를 올리며 한신인장무(韓神人長舞)를 춘다

일본 왕실 이제야 정신 차려
역사적 사실 바로 보는가 싶었다
역사왜곡 달인들 나라
섬나라 오랑캐 근성 며칠이나 가겠는가

터무니없는 임나일본부 주장하고
독도망언 밥 먹듯 해대고
일본군 성노예 강제동원 부인하고
일제치하 억압과 수탈 징병 징용
잔인한 군국주의 만행
손바닥으로 하늘을 가리는
간교한 일본인들
또다시 군벌 제국주의 획책하니
억이 막혀 말이 나오지 않는다

섬나라 오랑캐들의 교활한 작태
침략수탈 역사
사죄는커녕 반성조차 하지 않는
후안무치 일본인들

걸레는 빨아도 걸레다
이 말이
자꾸만 떠오르는 것은
나 혼자만은 결코 아니리라

겉과 속이 시대마다 다르고
강자에게 빌붙고
약자에게 비열한 일본인
임진년 침략의 원흉 도요토미 히데요시
을사늑약의 원흉 이토 히로부미
또다시 제국주의 부활을 꿈꾸는 아베 신조
극우혐한 일본인들
걸레는 수백 번 빨아도,
뜨거운 물에 삶아도
결코 그릇 닦는 행주가 될 수 없다

32

사국시대 초기불교 계급신앙
중생구제 대자대비 부처님 앞에서
중생들은 평등하지 않았다

늙고 병들고 가난하여 고통 받는 중생들
부처님이 사랑한 중생들
부처님은 너무나 멀리 있었다

깨달음에 이르는 길
수행의 기회조차 주어지지 않은 가련한 중생들
전생의 연(緣) 내걸고

신분계급 차별하고 귀족세력 억압하는
왕들만의 아전인수 불교
정말로 반갑고 고마운 존재였다

생로병사 번뇌
전생의 업보를 받아들이고
차별과 억압을 견뎌야 하는
또 하나의 문화
불교
부처님
가난하고 병든 사람들
정신적 위안
해탈로 가는 길은 없었다

어둠속 한줄기 빛
화엄종의 태두
원효대사
동굴의 깨달음
일체유심조(一切唯心造)
모든 세상사는 오로지 마음에 달려있고
일체의 거리낌이 없는 사람은
삶과 죽음을 넘어설 수 있음이라

부처와 중생이 다르지 않고
생(生)과 사(死)
만남과 이별
그 근원은 모두 하나
불이(不二) 색불이공(色不異空)
깨달음
해탈

여울진 강물처럼 흘러가는 세태
거칠고 어리석은 세속의 흐름
가뭄 끝에 단비
불교의 진보
있는 것이 없는 것이요
없는 것이 곧 있는 것이니
누구에게나 주어진 삶
슬퍼하거나 괴로워하지 마라

중생들 불평등 인간사회 처음과 끝
공즉시색(空卽是色)
가진 사람들 베푸는 사람들
가난한 사람들
누구나 깨달음에 이르는 피안이 있다

권력의 억압과 수탈로부터
잠시 벗어날 수 있고
굶주리지 않는 기쁨
병들어 죽어가는 고통이 없는 죽음
모두 부처의 음덕이라 믿는다

이승에서 바라는 마지막 소원
아제 아제 바라아제 바라승 아제
모지 사바하

33

고군산(古群山) 내초도 금돼지 설화
계원필경 제왕연대력 금체시

고운 최치원(崔致遠)
부산 해운대 너른 바위
신묘한 오륙도 바라보며
현묘한 도를 생각하였으리라

화랑도 정신 유불선 융합했던
풍류도(風流道)
현묘지도(玄妙之道)

지극한 도(道)는
언제나 하나로 통하므로
다름을 구별함이 무의미하다
포용과 조화의 상생

다름으로 어지러운 인간 세상
오뉴월 죽순 같은 사상들
현묘한 도로 통하는 길
하나
상생(相生)
깨달음
최치원의 언덕 해운대 달맞이 고개
포용과 상생의 바다

일찍이 당나라에 유학하여
문명을 떨쳤던 고운
진골귀족 중심의 독점적인 신분체제
국정의 문란함에 좌절하고
정치개혁 주장하다가
진골귀족의 배척을 받아 관직에서 밀려나니

세상사 허망하고 인생만사
공(空)으로 돌아가니
해인사로 들어가 현묘한 도를 깨우친
가야산 신선 고운이여!

아는 만큼 세상이 보인다는 말이 있다
많은 것을 배우면
많은 것을 볼 수는 있지만
아는 것 보이는 것만으로 세상을 바꿀 수는 없다

사회개혁을 꿈꾸는 사람들
사람이 사람답게 사는 꿈
세상을 바꾸려는 사람들
역사는 언제나 혁명에 목이 마르다

혁명은 인간의 힘으로 바꾼
새로운 세상에 대한 경의이며
압박과 피압박의 전도를 불러오는
고귀한 성취이며
견고한 기득권
인습의 벽 무너뜨리고
세상을 바로 세운 기쁨이다

개혁하고 개선하는 것만으로
세상을 바꾸려 했던 자들은
언제나 실패했다
최치원 장보고 원효가 실패했고
묘청, 망이, 허균, 최제우는
기득권 인습의 벽을 넘지 못하고
죽임을 당했다

보라!
언제나 인간세상을 해일처럼 덮치는
불의한 자들의 더러운 작태

천지만물 가운데 사람이 가장 귀하다 했건만
사람을 위한 정의는 사라지고
부와 권력이 정의가 되는 시대
오로지 핏줄로 이어지는 세습의 고리

봉건시대 무능한 왕과 귀족들
김일성 혈통주의 자식들
대형교회 세습목사들
악덕재벌 이어받은 후손들
친일반민족행위자 후예들

아는 것 없고
애써 배우고 노력하지 않아도
저절로 주어지는 부와 권력
핏줄의 힘
불변의 기득권

혁명이 사라진 시대
지금 저들은 무슨 짓을 하고 있는가

34

우리는 하늘이 내린 밝달과 아리
대한조선의 남과 여
한겨레 발자취를 찾아가는 거울정령

하늘이 내린 아침의 나라
대조영(大祚榮)
고구려 백성, 말갈족, 거란족
하늘이 내린 사람들
차별없이 천명을 받들었다

홀한해 경박호 돈화(敦化) 동모산
밝은 해의 나라
대진국(大震國) 발해(渤海)를 건국하니
단군기원 3031년이다

고구려의 기상을 이어받은
발해 태조 대조영
당나라 측천무후 세력 몰아내고
천손의 후예 고구려 기상을 받아
연호를 천통(天統)이라 공표하고
황제의 자리에 올라
광활한 고구려 영토에 오경(五京) 설치하고
홍익인간 제세안민의 정신으로
하늘을 공경하며 백성을 덕으로 다스렸다

대진국 발해 사방 5천 리
융성한 문화의 중심
상경용천부(上京龍泉府)

개천궁궐 동서 십 리 넓은 터
외성을 높이 쌓고,
궁궐 가운데 주작대로(朱雀大路)
대자대비 개심사원(開心寺院) 금당 짓고
9층 석탑 돌사자석등

거대한 법당을 세웠다

역경(易經)에 이르길
임금은 진(震)에서 나오고
만물도 진에서 나오니
진(震)은 곧 동방(東方)이라
무릇 세상의 빛은 동방에서 비롯되니라

아!
밝은 해의 나라 발해
동방의 빛이여
한민족 활달한 기상이여
대한조선 진역(震域) 광활한 대지여!

사대주의 사관 김부식 삼국사기
고구려, 백제를 멸망시키고
신라가 삼국통일 대업을 이루었다
스스로 민족사 왜곡하였으나

고구려 백제 땅
한배달 민족이 다스리던 곳
북쪽에 발해
남쪽에 신라가 있으니
한민족 역사
당연히 남북국시대가 아닌가

중국 역사서 신당서(新唐書)
만주원류고 발해역사
조선 실학자 유득공은 발해고(渤海考)
고구려가 망한 후 남쪽에 신라가 있고

북쪽에는 대발해가 있었으니
분명히 남북국시대라

사대주의 역사가들 축소왜곡
올곧은 발해역사 찾아내어
남북국시대 바로 잡아야
비로소 한민족 역사 바로 세울 수 있으니

대발해국 찬란한 문화
만주요동 흑룡강 광활한 영토
태조 대조영에서 15대 대인선왕까지
228년간 다스렸던 발해역사
이제라도 바로잡아야 마땅하다

35

신라시대 삼국삼해(三國三海)를 호령하던
해상왕 장보고(張寶高)
신라, 당나라, 거란, 일본 거상(巨商),
뱃사람들, 해적들
해신(海神)이라 불렀다

남해 바닷가 작은 섬
완도 이름도 없는 어촌
가난하고 천한 신분으로 태어난
활보 장보고는
활 쏘고 창 쓰는 실력 하나 믿고
서해를 건너 당나라로 갔다

신라인 깔보는 당나라 차별을 헤집고
피눈물 나는 고군분투 끝에
서주성(徐州城) 무령군 소장이 되었다

당나라 흉악한 해적과 왜구(倭寇)들에게
강제로 납치 당해
노예로 팔려가는 신라 사람들

발버둥치고 울부짖으며 개처럼 끌려가는
조국 신라의 아들딸들
장보고는 당나라 벼슬을 미련없이 던졌다
양자강에서 품었던 대륙의 꿈도 버렸다

신라로 돌아온 장보고
흥덕왕을 찾아가
해적들 소탕하는 임무를
맡겨 달라 하니

장보고 기개와 열정에 감동하여
청해진 대사(淸海鎭大使)로 임명하고
신라의 바다를 지키게 하였다

장보고는 당나라 송두리째 지우고
신라인의 애국충정으로 무장하여
청해진 함대를 이끌고
해적들 본거지 노도같이 쳐들어갔다

아무 두려울 것 없이
약탈과 인신매매를 저지르던
대마도 왜구들

당나라 해적들
나무 베듯 쥐잡듯 소탕하여
동서남해 중국해 일본해 평정하고
모든 해상 무역로마다
장보고의 깃발을 꽂았다

대륙을 호령하던 고구려인
대해를 장악했던 백제인
삼해를 평정했던 신라인의 용맹과 기개

육천 년 한민족 역사
삼해대륙에서 동방의 맹주로 군림하고
모래바람 비단길 너머 서역까지
대한문명을 떨쳤던 대한국인들
그 누가 반도인(半島人)이라
깔보고 폄훼했단 말인가

당나라 시인 두목(杜牧)은
호탕하고 거칠 것 없는
장보고의 생애를 칭송하고
그의 일대기를 적어 후세에 전했고

일본 승려 원인(圓仁)
입당구법순례행기

장보고 대사의 베풂이 없었다면
도적이 날뛰고 풍랑이 거친 바다 건너
일본으로 무사히 어찌 돌아올 수 있었는가
만나뵙고 모시지 못했으나
오랫동안 고결한 풍모를 들었기에

엎드려 우러러 흠모하는 마음으로
두손 모아 감사를 드리나이다

천이백 년 전 바다에서
대양의 꿈을 펼쳤던 대한국인 장보고
강인하고 진취적인 삶을 생각한다

동방 3국 해상무역 장악하고
인도양 실크로드 건너온
아라비아 상인들과 교역하여
청해진을 번성한 도시로 만들었으나

신라왕조 무능하고 진골 귀족들 부패하고
관리들은 백성들 착취하니
썩은 고목처럼 썩어가고 기울어가는
천년 왕조 신라
도탄에 빠진 백성들

제세안민의 기치를 들고 봉기하였건만
신의를 배반한 부하
염장의 칼에 죽음을 맞으니
하늘이 무심하고 야속하다

대륙을 호령하고 대해를 장악했던 겨레 기상,
해상왕 장보고 발자취는 어디로 가고
권력욕에 사로잡혀
신라왕조를 쇠락의 길로 이끈
골품 노예 귀족들

강대한 역사 지우고 나약하고 패배적인 역사만

남겨놓은 이 그 누구이며
삼해삼국 호령하던 신라인의 기개는 사라지고
강대국 냉전놀음에 허리 잘린 한반도
통일의 길은 멀기만 하고
핵무장 군비증강 이념갈등 민족분열
왜 이리도 길고 긴가

중국 산동성 영성시 적산기슭
푸른 바다가 내려다보이는 법화원
장보고의 거대한 영정, 웅장한 동상이
오늘도 서해바다를 바라보고 있건만

장보고 무적함대가 주둔하던 청해진에는
드라마 속에서 날리던
장보고 이름 석자 적어놓은 삼색깃발
인파도 없는 초라한 기념관 앞
남도바람을 맞고 서 있다

삼해(三海)를 호령하며
동방신라를 빛내시던
장보고 영령이시여

한반도 반도사관 열등의식
사대주의 병폐들 걷어내 주시고
대륙대양으로 뻗어가던 신라인 기개
비단길 너머 서역으로 달려가던 기상
오늘에 되살려
오대양 육대주 주름잡는
늠름한 대한국인 되게 하소서

36

우리는 하늘이 내린 사람의 아들딸
고려 발자취 찾아가는 밝달과 아리
올곧은 거울 정령

고려 태조 왕건(王建)
단군조선 이래 분열되었던
한민족 통합 정책

발해, 후백제, 신라인 고루 등용
지역차별 신분차별 철폐
전제(田制) 개혁 토지 분배
지방호족 포용
세금 감면 민생안정
백성들 삶 두루 살피며
민심을 천심으로 받들었다

후백제 견훤이 신라로 쳐들어가
경애왕을 죽이고 왕비를 범하고
신라왕들의 능묘를 약탈하자
왕건은 신라를 도와 견훤을 물리쳤다

견훤의 아들 신검
반란를 일으켜
아버지를 금산사에 유폐시키고
왕위에 올랐다

백제의 원수 신라를 증오했던 견훤
패륜아들 손아귀에서 탈출한 견훤

왕건에게 망명하여 신검타도에 앞장서자
경순왕은 왕건에게 신라를 바쳤다

신라인 가슴에 두려움을 심었던
견훤의 피바람
왕건의 햇빛정책에 무릎을 꿇는
역사적 순간이었다

왕건은 신라 흡수통일 여세를 몰아
후백제궁으로 쳐들어가
신검의 항복을 받고
통일 대업을 완성하였으니
단군기원 삼천이백육십구 년이다

태조 왕건은 외세를 빌어
동족을 치는 어리석음을 범하지 않고
배달민족 통일을 이룩하였으며
단 한뼘의 영토도 외세에 내주지 않았다

37

태조 왕건 통일고려 후
천 년이 흐른 2014년
박근혜 대통령 신년 기자회견
남북통일은 대박이다 선언하여
신년 대박을 쳤다

한반도 통일은
민족 평화의 길이며

민족 통합의 길이며
한 겨레 대박의 길이다

옳은 말씀이다

남북분단 70년
외세에 의해 아무 죄도 없이
남북으로 갈라진 민족

통일
그 이름만으로
가슴 설레는 팔천 만 겨레
우리의 소원은 통일
참으로 오랜 세월 기다려왔다

1972년 7월 4일 오전 10시
자주 평화 민족대단결
3대 원칙
7.4 남북공동성명

실로 엄청난 충격이었다

그후 1991년 남북기본합의서
남북 총리회담
2000년 6.15 남북공동선언
2007년 10.4 남북정상선언
수많은 선언과 통일 논의들
그러나 변한 것은 없었다

남북선언은 남북정권 정략적 선택이었고

정권유지 수단의 구호였으며
알량한 지도자들 명예 행사로 전락했고
먼지 쌓인 선언문들 공염불이 되었다

권력을 잡은 자들마다
전가의 보도처럼 휘둘러대는
강대국 냉전 논리
자주 평화통일
통일을 앞당기는 경제발전
비굴한 변명들
윤회를 거듭하는 역사
시지프스의 굴레

분단 70년
수많은 정치지도자들 외교관들
북한전문가들
남북통일 떠들어댔지만
분단은 아직도 진행형이다

악귀처럼 옥죄는 분단의 벽을 무너뜨리고
통일대박으로 가는 길
왕건의 부활을 기다리는 것보다
결코 어렵지 않다

남북분단 민족분열의 고통
이산의 아픔
천문학적 분단비용
또다시 찾아올 동족상잔의 공포
어둡고 긴 분단터널속에서
오랫동안 참고 우리들은 기다려왔다

자유와 인권 존중을
인류의 보편적 가치로 삼는
현대문명 사회에서
그 유례를 찾아볼 수 없는
김씨 세습 왕조
잔인하고 포악한 인권 유린

강 건너 불 보듯
이대로 보고만 있을 것인가

이천 삼백 만 북한동포
염마처럼 다가서는 살인적인 기아(飢餓)
거미줄처럼 얽힌 억압의 사슬
악몽 같은 공포정치
공산주의 집단무의식 광란으로부터
우리들의 동포
우리들의 국민들 구출하여
사람이 사람답게 사는 자유 민주 광장에서
더불어 살아가고 싶다

한 민족 한 조국
자유 평화 민족번영 마음껏 누리며
동방의 빛
인류의 광명으로 빛날 이 땅에서
오순도순 살고 싶다

한민족이 하나 되는 길
김춘추 지략이든
왕건의 포용이든
브란트의 동방정책이든

남북통일로 가는 길이라면
그 누가 탓할 수 있으랴

내가 바라는 손님은
청포를 입고 찾아온다 했으니
아이야, 흰 쟁반에
하이얀 모시 수건을 마련해 두렴

애국시인 이육사 열사
조국광복 염원을 담았던
청포도
이제 우리들 가슴에
다시 살아나
조국통일의 염원을 담는다

꿈은 이루어진다고 했다
꿈은 행동하는 양심들에게 주어지는
신의 선물이다
행동하라
팔천 만 한겨레
한결 같은 바람으로

고난과 시련의 언덕을 넘어
불사신처럼 살아온 한겨레
육천 년 역사
동방의 빛
인류의 광명으로 다시 빛날 21세기의 아침
대한국인 민족통일의 길
우주광명처럼 환하게 비춰줄
하얀 태양이 떠오르고 있다

우리는 가야 한다
온몸이 부서지고 깨어져
서러운 혼불만 남을지라도
남북분단 쪽박을 깨고
남북통일 대박의 길로
우리는 가야만 한다

38

고려 왕조 오백 년
자랑스러운 코리아 문화
세계 최초 금속활자
고금상정예문 직지심체요절
신이 내린 비색(翡色)
흙과 불의 마술 고려청자

가을하늘처럼 투명하고 고운 빛
하늘빛 물든 백학
상감으로 새겨진 모란국화
은은하고 고고한 향취
살포시 피어나는 고려 비색
상감청자 운학모란국화문 매병

연꽃처럼 피어나는 초록빛 나뭇잎
거룩한 생동감
정교한 투각 균형 잡힌 몸매
투각칠보문 향로
자연으로 빚어낸 미의 극치

찬란한 고려 문명 시기
가난하고 힘없는 민중들
들개처럼 굶주리는 노비들
사치와 향락으로 밤을 지새는
문벌귀족들

번개처럼 날아오는 채찍
억압과 수탈

역분전 사전(私田) 공전 사원전
세금으로 바치고
상공 별공 잡공도 바치고
특산물도 바치고
나머지 곡물마저 귀족에게 빼앗겼다

시도 때도 없이 나랏일에 불려나가
아무런 댓가 없이 일하다가
겨우 죽지 않고 살아오면
거란전쟁 몽고전쟁에 다시 끌려가
병들고 늙어서야 집으로 돌아왔다

전쟁노역으로 거칠어진 손바닥처럼
갈라지고 황폐한 논밭
흉년이 몰아치면
산입에 거미줄
원수 같은 굶주림
초근목피 입에 물고
썩은 등걸처럼 죽어가야 했다

39

승려 묘청 신진관료 정지상 백수한
불멸의 고려 혁명가들
이자겸 난으로 피폐해진 민심을 수습하고
고구려 영토 회복을 위하여
만주 금나라를 정벌하고
서경으로 수도를 옮길 것을 주장했다

인종은 고구려 수도였던 평양에
대화궁 궁궐을 짓고
고토회복 기득권 세력 타파
민심수습을 내세워
수도를 옮기려 결심했다

그러나 개경(開京)에 기반을 쌓고
권력과 영화를 누리던 기득권 문벌귀족들
평양 천도를 거세게 반대했다

국도(國都)를 세종시로 옮기려던
참여정부 대통령 노무현
서울특별시 기득권 한나라 세력
부동산 투기 신흥부자 악덕 재벌
그림자 로펌 법피아 보수언론들
기득권 상실 공포
불면의 밤
씨뻘겋게 충혈된 눈들
급기야 탄핵을 휘두렀다

기득권 역사는 윤회하고

인간들 탐욕은
천년 세월 흘러도 불변하였다

문벌귀족 기득권 세력에 굴복한 인종
서경천도를 포기하고
바보 노무현처럼 울었다

역사는 가정이 없다
그러나 만약에
묘청과 신진세력의 뜻대로
국정개혁 서경천도 성공했다면
부국강병 고토회복 민심수습
역사가 바뀌지 않았을까

금싸라기 개경 땅 금말뚝
문벌귀족 권문세가 꿀맛 같은 부귀영화
황금알 기득권 다 버리고
어찌 패국산성 서경으로 가겠는가

경상도에 한나라당
전라도에 열린우리당
충청도에 자유선진당 할거해도
하나같은 기득권 세력 대변자들

금쪽같은 처자식 금싸라기 부동산
샘물처럼 솟는 부귀영화
서울특별시에 보석처럼 박아놨으니
멀고 먼 세종시
명문고 명문대학이 없는 도시
모기 들끓는 시골

낯선 사람들의 도시로 쫓겨나
수억 발라 가꾼 하얀 피부
어찌 검게 태울 수 있으랴

행정효율 국민불편 앞세워
죽어라 반대하는 뜻
예나 지금이나 변하지 않는
탐욕스러운 인간들
역사윤회

한나라 금배지들 자존심 구긴
눈엣가시
고졸 변호사 바보 노무현
급기야 탄핵을 단행했다

여의도 의사당 기득권 불장난
민중들은 분노했다
분노의 촛불 들불처럼 번지고
한나라 금배지 선거구마다
탄핵의 역풍이 불었다

새파랗게 질린 한나라당 의원들
비상대책위원회를 꾸리고
유신시대 퍼스트 레이디
선거의 여왕
철의 여인 치마폭에 숨어버렸다

서릿발 치는 가을
노도처럼 분노하는 민중들
소리치는 붓뚜껑의 칼날

교활하고 비겁한 금배지들
추풍낙엽처럼 베어버렸다

국민은 현명했고
비겁한 기득권 세력은 패배했으며
진실은 승리했다

40

단군기원 삼천오백 삼 년
고려 의종 24년 8월
그 어둡던 그믐날 밤
정중부, 이의방, 이고가 이끄는 무신들
문벌귀족 살해하고 권력을 장악했다

문관의 관(冠)을 쓴 자
아무리 벼슬이 낮아도
모조리 죽여라!
개경에 다시 피바람이 불었다

천구백 육십일 년 오월
그 무덥던 봄날
육군소장 박정희 조카사위 김종필
만주군관학교 일본사관학교 출신들
교활한 정치 군인들

나라 지키라는 군대
제멋대로 이끌고 한강을 넘어와
헌정질서 유린하고

국민이 뽑은 민주정부 몰아낸 쿠데타

누구든지 혁명에 장애가 되는 자는
지위고하를 막론하고 제거하라
과업을 완수하라!

팔백 년 전 개경에 불던 피바람
서울에 또다시 불어오니
삼천리 순박한 민중들
무법자들 군화소리에 숨을 죽였다

고려 무신의 난은 임금을 쫓아내고
맘대로 휘두를 임금을 세웠다
5.16 쿠데타는 대통령을 몰아내고
허수아비 장도영을 수반으로 세웠다

그해 가을부터 개경 백 년
그해 봄부터 서울 삼십육 년 동안
무신들이 일으키는 피바람
어둠의 세상이 되었다

경대승은 정중부를 죽이고
이의민은 경대승을 죽이고
최충헌은 이의민을 죽였고
박정희는 헌법을 죽이고
김재규는 박정희를 죽이고
전두환은 김재규를 처형하고
노태우는 전두환을 백담사로 보내고
김영삼은 전두환, 노태우를 감옥에 보냈다

역사의 준엄한 심판
국민을 무시한 권력자들의 비참한 최후
불의부정한 권력의 종말

총칼로 잡는 더러운 권력
불행한 군인들
다시는 이 땅에 발붙일 수 없도록
시퍼런 눈을 갖자

고려 무신정권 백 년 세월
유신군부 독재정치 십팔 년 동안
언로를 죽이고,
민족정신을 죽이고,
자유를 죽이는
무소불위 독재권력 억압공포정치
삼선개헌 유신악법 분단고착
18년 장기집권
비참한 최후를 맞았다

박정희 키드들 1212 군사쿠데타
부정부패 협박공갈 능사로 저지르며
통치자금 뜯어내 제배를 채우고
자식들 나눠주며 희희낙낙

권력욕망 군홧발 자유민주 밟고 서서
양심세력 억압하고 민족정기를 어지럽히고
정의로운 역사를 병들게 하였으니
영원히 지워지지 않을 오욕의 역사여
서글픈 역사의 윤회여

41

무신정권 횡포와 착취로 병들어 갔던
우리들의 고려,
우리들의 슬픈 역사
떠돌이 유목민 몽골이 쳐들어오니
하늘도 무심하다

나약한 왕과 무신들
고려왕조 지키고 나라를 지킨다
그럴듯한 비겁
너절한 변명
강화도 깊숙이 숨어 들어갔다

삼천리 방방곡곡 죄없는 백성들
몽골군 더러운 발길에 짓밟히고 빼앗기고
온갖 능욕을 당하니
하늘이 돌아눕고 산천초목도 울부짖었다

방방곡곡 백성들 울부짖는 소리
하늘에 닿아
눈물처럼 내리는 비
분노하는 대지를 적시고
서러운 강물 되어 흐른다

강화도 새 궁궐 새 누각
마을마다 들어앉은 절
왕놈 중놈 무신놈들
음주가무 흥돋는 소리 높아가니

무능한 왕조
부패한 관리들 세상에
죄 없이 태어난 백성들
가엾고 애처롭다

부패한 권력 타락한 향연
밤 새어 깊어가고
무신들 칼은 녹슬어도
고려의 힘 민중은 살아있다
삼별초 30년 항몽전쟁

흉악하고 잔인한 몽고인들
또 다시 고려를 침범하니
나라 기운 쇠잔하고
귀족들은 썩었으니
고려왕조 바람 앞의 등불이라

구국의 횃불 삼별초 의거
항몽전쟁 정의로운 물결
강화도에서
전라도 진도
탐라까지 이어지니

야별초 좌별초 우별초
대한국인 가슴에 영원히 잊혀지지 않을
애국정신의 표상
삼별초 영령들이시여

애국애족 고귀한 정신으로
분단조국 긍휼히 여기시어

통일대업 지혜로운 길
팔천 만 겨레 가슴에 심어주소서

42

고려 고종 24년 팔만대장경
부처님 힘을 빌어
잔악한 몽골군을 물리치려는
간절한 마음들 불경판에 담았다

무능하고 부패한 무신정권
멀어진 민심을 수습하기 위해
서둘러 대장도감을 설치하고
호국불교 코에 걸고
전국에 징발령을 내렸다

50년 이상 자란 나무
15만 그루를 베어다가
강화도 갯벌에 3년간 묻었다

바닷물에 절인 통나무를 켜서
가로 70cm 세로 24cm 두께 4cm
판을 만들어
소금물에 삶아 말린 뒤
다시 고르게 다듬었다

서각인(書刻人) 5만 명
한 글자 새길 때마다
삼배를 올리며

온갖 정성을 다해
대장경을 새겨 넣었다

이천오백 십 만 자(字)
하나같이 새김이 고르고
잘못된 글자조차 없다

대장경 글자를 새긴 후
그 위에 옻칠을 하여
다시 말린다

팔만천이백오십팔 개 경판
천오백삼십팔 종 불교경전
총 제작기간 12년
동원 연인원 130만 명

세계문화유산으로 등록된 팔만대장경
자랑스러운 대한민국 문화재
국보 제32호
조선시대 서예가 한석봉
팔만대장경을 보고
글씨가 늠름하고 정교하여
명필을 넘어 신필(神筆)이라 극찬했다

현대사가들은 우리민족 역사상
최고의 불교경전으로
목판인쇄술의 우수성을 세상에 알리는
귀중한 문화재라고 침을 튀긴다

왕실과 백성이 힘을 합쳐 만든

예술품이라는 거짓말도 서슴지 않고 가르친다
고미술사가들은 불교미술의 극치라고 입을 모은다

찬양일색이다
불교미술의 극치
호국불교의 상징
고려 예술 민족문화재
맞는 말이다

그러나 팔만대장경을 만들기 위해
얼마나 많은 사람들이
고통을 당하며 죽어갔는가

몽고군 더러운 발 아래
민중들 신음하고 있을 때
그 대장경을 만드느라
얼마나 많은 재산과 인력이 소모되었는가

전쟁은 총칼로 하는 것이다
대장경으로 이길 수 있는 군대는
세계 그 어느 곳에도 없다

팔만대장경은
풍전등화 국난의 시기
고려의 왕과 무신
기득권 세력
몽고의 침입으로 들어난 무능을 덮기 위해
타락한 불교세력과 야합하여
기득권을 유지하면서 민심을 수습하려는
얄팍하고 간교한 술책에서 비롯된

시대 산물이다

세계문화유산 팔만대장경
위대한 문화재
찬양일색 현대사가들
편벽(偏僻)된 역사적 시각이 안타깝다

외세의 침입으로 나라가 위태로우면
왕과 무신들은
목숨을 걸고 나아가 싸워야 한다.

강화도 섬으로 도망쳐 들어가
자신들의 목숨과 기득권을 유지하려고
뜨거운 물속 개구리처럼 발버둥칠 때

고려강토 전국에서 벌어지는
잔악한 몽고인들
살인 방화 강간 수탈
온몸으로 겪으며
피눈물 흘리는
고려민중들 절규를 외면한 채

부처님의 힘을 빌어
몽고군을 물리치겠다고
대장경판을 새기는 것이
과연 제정신이 있는 사람들의 행위인가

왕도 귀족도 승려도
당연히 칼을 들어야 했다
승병장 김윤후 장군처럼 칼을 들고 나아가

적장의 목을 베어야 했다

나라가 없으면 민족도 없고
민족이 없으면 종교도 없다
살벌한 일제치하
기독교인이든 불교인이든
왜놈들 신사에 참배를 했고,

김일성 왕조 폭압정치 아래 신음하는
선량한 북한동포들
오로지 주체사상 김일성 왕조의
충성스러운 신도가 되어
죽는 날까지
종교의 자유를 박탈당하고
숨죽이고 살아야 한다

망국의 시대
국민을 위한 나라가 어디 있으며
종교의 자유는 어디에 있단 말인가

누가 대장경판에 흘린 눈물을 기억하는가
누가 대장경판에 흘린 피를 기억하는가

글자 한 자를 새기고
세 번 절하고
고향산천 처자식 그리워
고개든 한숨들 눈물로 흐르고
죽음에 이르는 노역(勞役) 고통은 핏물되어
경판 결마다 스며든다

대장경판을 새기다 다친 상처
고름이 흐르다 딱지가 앉고
다시 새살 돋을 때까지
몽고군 더러운 발에 짓밟히는 고향 땅
부모형제 처자식들
어찌 가슴에 묻고
대장경판 새길 수 있었겠는가

몽고군에 갈기갈기 찢기운 가슴
소리죽여 흐느끼던 사람들
천진난만하게 태어난 아기
낙인처럼 드리운 몽고반점
인질로 끌려간 죄 없는 백성
부녀자들의 절규

세월이 아무리 흐르고 흘러도
지울 수 없는
민중들의 피눈물
그 눈물로 새겨진
팔만대장경

그대는 그 영혼들을 위하여
향불 하나 피워 본 적이 있는가

43

우리는 하늘이 내린 사람의 아들딸
한겨레 밝달과 아리
오백 년 왕업 조선의 남과 여

올곧은 거울 정령

군왕(君王)은 하늘이 내린다고 했다
천명(天命)을 받는다고 한다
고려장수 이성계
압록강 위화도 회군
차가운 총칼로 권력을 잡았다

이성계는 국호를 조선으로 정하고
새로운 나라를 선포하니
단군기원 삼천칠백 이십오 년이었다

이성계가 면류관을 쓰고
권좌에 앉은 지 육 년
꿀맛 같은 세월이 흘러갔다

조선 개국공신이요
새로운 나라 이상세계를 꿈꾸던
삼봉 정도전(鄭道傳)
이방원의 칼에 무참히 살해되니

무상한 권력 탄식하고
자업자득 노여워한들 무엇하며
권력에 눈먼 자식 탓한들 무엇하리
뿌린 대로 거두리라
콩 심은 데 콩 나고
팥 심은 데 팥 난다

정종에게 왕위를 물려준 이성계
늙은 몸을 이끌고 함흥으로 떠나가니

사필귀정이라 했던가
인과응보라 했던가

분노의 화살 함흥차사
살꽂이 다리
왕자의 난 피바람
한강물 붉게 물들고 북악산 돌아앉으니

명나라 주원장 청나라 옹정제
권력다툼 피를 부르는 형제들
이미 닮아버린 자식들
빼앗고 빼앗기고 죽이고 죽어가니
슬픈 이성계의 운명이여
역성혁명의 응보여

44

형제들 피로 잡은 권력자
이방원의 셋째 아들
충령대군 세종대왕(世宗大王)
피바람이 불고 간 경복궁 근정전
조선 4대 임금에 올랐다

양령 효령 두 형님
고귀하고 아름다운 양보
조선 왕조 비로소
임금다운 임금이 탄생하였다

세종대왕의 위대한 창조

한겨레 자랑스러운 보물
훈민정음(訓民正音)
백성을 가르치는 바른 소리
국보 제 70호
유네스코 세계문화유산

양반들 차지 난해한 한자
배울 기회조차 없었던
서러운 백성들 문맹 타파
말과 글 하나로 소통하는 언문일치
남녀노소 반상(班常)
문자평등 이룩한 위대한 성군
하늘이 내린 백성 두루 사랑한 임금
세종대왕(世宗大王)

훈민정음 어지(御旨)에 이르시길
나랏말이 중국과 달라서
어리석은 백성이 말하고자 할 때 있을지라도
제 뜻을 능히 펴지 못할 사람이 많도다
이들을 위하여 새로 스물여덟 문자를 만드노니
백성들로 하여금 쉽게 익혀서
편안하게 쓰고자 함이다

민족의 영광은 나랏글로 비롯되니
훈민정음 창제
자주정신 애민정신 실용정신
거룩하고 영예로우신 임금
자주민족 문화 선각자여!
언어속국 불명예 치욕으로부터
어리석은 백성들 구원하시고

민족자존 일으키신 세종대왕이시여!

인간세상 존재하는 모든 소리
자유롭게 표기할 수 있는
단 하나의 글자
한글
밝은 나라 밝은 겨레
빛과 얼

세계 어느 나라 글자에서도
찾아볼 수 없는 독창성
천지인(天地人)
아름다운 형상
과학적인 표기 체계

세계적인 언어학자의 극찬
하버드대 라이샤워 교수
한글은 인류가 이뤄낸 최고의 업적이며
세계인류를 위한
최고의 문화적 코드다

어리석은 사대주의 유교사상
한문중심 모화사상
민족역사 무지로 비롯된
패배주의 열등의식 고루한 유학자
최만리 정창손
우리글자 창제 불가론
친명사대(親明事大) 논리
단호하게 배격하신 세종대왕
민족자존 언어주권 거룩한 승리

일제치하 교활한 왜놈들
조선어 철자표기법
해괴한 두음법칙
언어말살 정책
한민족 얼 한글
망가지고 사라진 글자들

1945년 8월 15일
가슴 벅찬 환희 나랏글 광복
기쁨도 잠시
미군정 영어우대 정책
맹목적 서구문화 모방 풍조
나랏글 홀대하는 우매한 관료들
몰지각한 언어정책
오늘에 이르러
국적불명 외래어 판을 치고
국어사랑 실종되니

인류 최고의 문화
우리말글
한글
외래어에 오염되고 변형되어
부서지고 꺾어진 기형어(奇形語)
글세상에 만연하다

여주 영릉 광화문 거리
서글프고 부끄러운 마음으로
옷깃을 여미고
세종대왕 우러르며
훈민정음 창제정신 되살려

우리말글 알알이 가꾸고 다듬어
길이길이 전하는 길
대한국인 사명

뿌리 깊은 나무는
바람에 흔들리지 않고
꽃 피고 열매를 많이 맺으리라
샘이 깊은 물은
가뭄에 마르지 않고
시내 되어 바다에 이르니라

우리말 우리글
쓰임새
길이 되고 본보기가 되는
용비어천가

세종대왕은 월인천강지곡
삼강행실도 효행록을 지어
모든 백성들 익히고 익혀서
하늘과 땅과 사람
더불어 살아가는 세상 이치
충효를 깨우치게 하였다

세계 인류사에 영원히 빛날
한민족의 표상
나라의 보배
위대한 창조자 세종대왕이시여

남의 나라 남의 글
부끄러운 줄 모르는 세태

부끄러운 국민들
어리석은 언어정책 궁휼히 여기시어
세계인류 실용이 되고
광명이 되는 한글
대한국인 민족자존 오롯이 되살리는
한글로 우뚝 서게 하소서

45

단기 3925년 임진년 4월 13일
조일전쟁(朝日戰爭)
섬나라 오랑캐 도요토미 히데요시
오랜 내전으로 연마한
잔악하고 교활한 전술
이십 만 대군 앞세워 물밀듯이 쳐들어왔다

율곡이 부르짖던 십만 양병 외면하고
당파싸움 골몰하던 조정대신들
화들짝 놀라
피난 갈 준비 정신이 없을 때
무능한 관군들
부산동래 힘없이 함락되고
파죽지세 일본군
이십 일 지나 남대문에 도착했다

섬나라 오랑캐들
약탈 방화 강간 살인
삼천리 강토 피로 물들 때

압록강 통군정에 피신한 선조
강건너 명나라 바라보며
목놓아 원군 청하는 무능한 왕

풍전등화 국난의 위기
왜놈들 만행에 대한 분노
타오르는 불길처럼 일어선 의병들

전라좌도수군절도사 이순신(李舜臣) 장군
오랑캐들 침략소식을 듣고
옥포(玉浦)로 나가 승리를 거두고
당항포 · 한산도(閑山島)에서 왜군을 무찔렀다.

백성들 피눈물 강물처럼 흐르는
전쟁의 소용돌이 속에서도
모함과 음모는 존재했으니
남해바다 해전에서 승승장구하던
충무공 이순신 장군
간신배들 모함으로 감옥에 갖혔다
풍전등화 국난의 위기
조일전쟁 소용돌이 속에서
전쟁영웅을 가둔 부끄러운 조선

무능하고 어리석은 선조
나라와 백성을 지키지도 못한 임금
동인서인 당파 싸움
희생양 이순신을 미워하여
모진 고문을 들이대고
모든 관직을 삭탈하였다

삼도수군통제사 원균(元均)
칠천량(漆川梁) 해전에서
왜군의 기습을 받아 전멸당하자

권율 장군 막하 백의종군하던
이순신 장군
나라의 부름을 받고
다시 수군통제사에 임명되어
낡은 배 12척 병선으로
왜함 133척을 맞아
명량(鳴梁)에서 대승을 거두고
다시 제해권을 회복하였다

임진년 조일전쟁을 일으켰던
도요토미가 죽자
오랑캐들은 서서히 퇴각하기 시작하였다

전라도 일대
살인과 방화를 저지르며
악행을 일삼던
고니시 부대가 퇴각하려 하자
노량(露梁)해협 길목을 막은
이순신 장군
왜군 함대 삼백여 척을 맞아
분노와 응징의 칼을 들고
최후의 격전 벌였다

왜선 200여 척을 격파하여
승리를 눈앞에 두고
적탄에 맞은 장군

내 죽음을 누구에게도 알리지 말라
노량대첩 승리의 북소리
충무공 장렬한 죽음

하늘이 내린 운명인가
충무공이 선택한 운명인가

국력이 약하고 임금은 무능하고
관리들이 부패한 나라
백성으로 살아간다는 것
얼마나 험난하고 고통스러운 일인가

피로 물든 7년 전쟁
조일전쟁(朝日戰爭)
잔악한 오랑캐들 약탈과 방화
씻을 수 없는 치욕
돌이킬 수 없는 전쟁의 상흔들

삼천리 강산 피폐해지고
죄 없는 백성들
코가 잘린 채
섬나라 포로가 되어 끌려갔다

임진년 조일전쟁 소용돌이 속에서
독버섯처럼 등장한 당파
동인서인
병자년 조청전쟁 삼전도 굴욕
남인북인

풍전등화 국난의 위기속에서도

당파싸움에 골몰했던 양반들
오로지 권력다툼
나라와 백성 안중에 없었다

공리공론 이데올로기 성리학 병폐
사대주의 성균관 고질병
후안무치한 관리들
남인북인 대북소북
노론소론
그칠 줄 모르는 당파싸움

고질병 든 조선왕조 기울어가고
노론 괴수 이완용 송병준
기어이 나라까지 팔아먹었다

46

양반귀족 세습권력 억압과 수탈로
상민천민 눈물 떨어질 때
천부인권 만민평등 부정부패 척결
적서차별 철폐
사회개혁 부르짖는 홍길동
썩은 세상을 향해 절규하는
인권운동 선각자 허균(許筠)

양반축첩 서러운 서자들
벼슬길에 나가지 못하고
아버지를 아버지라 부르지 못하는
불의부정한 현실

수모와 천대를 받는 서자들에게
하늘이 내린 한줄기 빛이었다

천부인권 만민평등 어디로 가고
양반 상민 차별
이리도 지독한 세상이 되었나
반상차별 서얼차별 철폐하라!
탐관오리 부정부패 척결하라!
추상같은 허균의 외침
메아리 없는 산울림
맨주먹으로 바위를 치는 고독한 절규였다

유교 교조주의 팽배한 조선사회
반역의 굴레를 쓰고
형장의 이슬로 사라진 허균

사람이 사람답게 사는 세상을 향해
몸부림 쳤던 선각자
차별과 불평등에 맞섰던 혁명가

세월은 강물처럼 흘러
경기용인 원삼면 맹리
허균의 무덤가 진달래는 피었건만

솔적다 솔적다 소쩍새 우는
한양성 서울
스러져가는 판잣집
음습한 지하도에 웅크린 채
노상 굶주리는 노숙자들
거리동냥에 나선 어린애들

폐지 줍는 노인들

하늘 높은 줄 모르고
치솟는 빌딩 숲
재벌 관료 로펌
삼대권력 신바람 공원

빈부차별 서민고통 아랑곳하지 않는
관피아 정치배 재벌들 노랫소리
은밀한 룸싸롱 서울은
조선권번보다 흥겹고 창창하다

사백 년 전 교산이 꿈꾸던 세상
만민평등 제세안민
인간존엄의 땅 율도국
누구도 차별받지 않는 밝은 세상
아직도 갈길이 멀고도 멀구나

47

정조대왕 규장각 탕탕평평
붕당의 소멸
토지개혁 관노비해방

부와 권력의 편중 개혁하고
농공상의 균형적 발달
지역 권세가문 횡포
악순환의 고리를 끊으려는
정조의 고뇌

조선 오백 년 황혼
대탕평으로 인재를 고루 등용하여
조선의 영광을 다시 일으키려던
정조의 꿈

부정부패한 권력 노론의 영수
좌의정 심환지의 하수인 심인에게
독살을 당하는 순간도 놓지 않았던
정조의 아름다운 꿈들
그의 꿈은 조선왕조에게 주어진
마지막 기회였고
마지막 성군의 몸부림이었다

정조의 아들 순조에 이르러
안동김씨 김조순
외척세도정치 60년이 시작되었다

무늬는 청백리 뒷배는 부정부패
탐관오리 매관매직 정승판서 가렴주구
팔도 백성들 원성소리 드높다

정승판서 대감집 장롱마다
금괴 땅문서 가득하고
아들 낳으면 장원급제
딸 낳으면 왕비 간택
반반한 노비들
강제로 첩을 삼아 밤마다 괴롭히니
복상사 급살 맞는 놈 즐비하다

오뉴월 뒷간보다 심한 악취

조선 산천에 진동하고
높은 산 깊은 골짜기마다
굶주린 도둑들이 창궐하니

힘없는 백성들은 누구를 의지하여
탐학으로 얼룩진 세상을
어찌 살아갈 것인가

의(義)는 의로운 사람으로 빛나니
부정부패 탐욕의 시대
어둠의 사회
한줄기 빛이 있었으니
의로운 여장부 제주 김만덕(金萬德)이었다

엄격한 유교 규범
여성을 옥죄고 있던 시기
인습의 굴레 거침없이 벗어던졌던 여인
의로운 여인 김만덕

가족으로부터 버림받고
기생으로 천대멸시를 받았던
김만덕
기생옷 훨훨 벗어던지고
해상 유통업에 뛰어든 여성객주

인습의 굴레를 던져버리고
시대를 개척해 나갔던 위대한 여성
불우한 운명을 도도하게 헤쳐나간
조선여성의 선구자

백성들 가난 나랏님도 구하지 못한다는
굶주림의 시대
제주백성들 계속되는 재해로
지독한 기근에 시달리고 있었다

나라에서 보낸 구휼미
남해 풍랑에 침몰하여
제주 백성들 아사의 위기에 처하자
김만덕은 자신의 전 재산을 털어
육지에서 쌀을 구입하여
제주백성들을 살려내었다

누가 있었을까?
세계 7위의 무역대국
민생복지 부르짖는 시대
전재산을 팔아
이웃을 돕는 사람들

세계 7대 경제대국 국민소득 4만불
민생복지 시대
국민들 안심하고 사는 나라
얼마나 그럴듯한 속삭임인가

대기업 세금 줄이고 규제 풀어주고
검사판사 높은 자리 줄줄이 앉히는 게
줄푸세란 말인가
아니면 경제민주화란 말인가

국민들이 안심하고 사는
행복한 나라

가만히만 있으라
세월호 참사
무능하고 무책임한 정부
교활한 종교집단 꽃놀이패
닭 쫓던 개 지붕만 쳐다보는 정부

우리들은 오늘도
김만덕 할머니가 그립다

48

하늘의 뜻을 거스르고
불의한 권력과 재물을 움켜쥔 자들
백성 위에 군림하는 것도 모자라
그칠 줄 모르는 권력욕
나눌 줄 모르는 탐욕스러운 세태
가난한 백성들 평안할 날이 없으니

하늘과 땅 사이 만물 중에
사람이 가장 귀하다는 하늘의 뜻 망각하고
사람이 사람의 신분을 나누고
싸우고 빼앗고 죽이는 일로 세월을 보내니

사람이 사람답게 사는 세상
다툼과 탐욕으로 가득하니
하늘의 뜻을 온누리에 펼 밝은 이
밝은 세상 기다리는 사람들
옛날에도 오늘날에도
목이 길어 슬픈 국민들

양주 백정 임꺽정,
황해도 구월산에서 부패한 관리 응징하고
굶주리는 백성들에게 곡식을 나눠주고
불의한 양반도배들 처단하였으니
양반들 눈에 가시가 되고
나라에 역적이 되었다

토포사 남치근 토벌군 당도하자
부하 서림의 배신으로 관군에 체포되었으니
유림, 관리, 봉건사회 양반들
임꺽정을 어찌 살려둘손가

양반들 억압수탈에 허리가 휜 백성 천민 백정들
울부짖으며 가슴을 쳐도
망나니 춤추는 칼날에 의적 목은 잘려나갔네

숙종임금 장희빈 놀음에 정신 팔 때
송파 광대 장길산 해서지방 구월산
의적 외침소리 메아리 치네

서얼차별 신분차별 관리들
가렴주구 착취
더 이상 참을 수 없다
갈아보자
바른 세상 열고
새로운 왕조를 세우고자
하층민들 봉기하여 거사하니

흑두건 일지매
탐관오리의 부정한 뇌물을 빼앗아

어려운 사람들에게 나눠주고
지붕 위를 제비처럼 날고
벽에 붙어 날래기가 귀신이다

역사는 민중들의 분노를 먹고
혁명은 민중들의 피를 먹고 산다

평안도에 사는 홍경래 우군칙
안동김씨 풍양조씨 외척세력
매관매직 부정부패
탐관오리 가렴주구 지역차별
전정, 군정, 환곡 삼정이 문란하고
세상이 공정치 못하니
탐학부패 응징하는 의로써 일어섰다

정승판서 양반 역관 아전들은
배불뚝이 걸음걷기 숨이 차오르는데
피땀으로 지은 곡식
이리 빼앗기고 저리 빼앗기고
남은 건 쭉정이 나락 콩깍지뿐이다

백성들의 삶은 날로 피폐하고
한숨소리 탄식소리 높은데
탐관오리 잔치상 기생집 노래 소리
날마다 높아지니 어이 아니 통분하랴

살길이 막막한 농민 뱃사람 광부들
도적이 되는 것은
도적질 좋아서 하는 짓이 아니다

승냥이처럼 물어뜯는 굶주림
뼛속을 파고드는 추위
부패한 관리들 가렴주구
너무나 너무나 고통스러워
어쩔 수 없는 도적이 되어
하루라도 단 하루라도
굶지 않고 살려는 절박한 몸부림

시대를 잘못 만나고 위정자를 잘못 만난
백성들 피어린 절규
우리들이 도둑이 된 것은
임금의 정사가 잘못된 탓이지
우리들 죄는 아니다

현재를 살아가는 우리들
누가 이들을 비난하며
역사의 돌을 던질 것인가

49

조선의 선각자 다산 정약용
시대를 읽고 미래를 내다본
실용주의 경세가(經世家)
부조리한 시대의 문제점을 진단하고
개혁하기 위하여
고뇌하던 양심적인 지식인

오랜 세월 귀양살이
깊은 좌절

철저하게 유폐된 삶
정치적, 종교적 탄압
다산은 고난과 시련마저도
학문수양의 시간으로 승화시켰다

정조의 개혁정치 실패
조선사회가 직면해 있던 봉건적 질곡들
다산의 개혁적 저서들
빈곤과 착취에 시달리는
백성에 대한 애정의 발로였다

다산이 끊임없이 주장하던
개혁과 개방
부국강병(富國强兵)
임금과 관리들이 귀를 기울였다면
멸망의 국치를 당하지 않을 수 있었으리라

해 뜨는 아침의 나라,
이천 만 백성들
하늘이 내린 사람들의 아들 딸
동방의 빛으로 빚어낸 문화

순박한 자연의 빛 조선백자 달 항아리
조선민중의 힘
임진란 한산도 강강수월래

과학 영재 장영실의 측우기
정선의 금강산 전도
세한도에 새긴 추사 김정희의 절조
진솔한 사람들의 세상

김홍도 신윤복의 풍속화

강원도 정선 아라리
전라도 진도 육자배기
신재효 판소리 다섯 마당
춘향가 흥부가 적벽가 수궁가 심청가
난계 박연 장악원
악학궤범 악장가사 시용향악보

연암 박지원 열하일기,
송강 정철 관동별곡, 의유당 관북유람일기
해 뜨는 아침의 나라
조선 명문기행문들

50

해 뜨는 아침의 나라
빛 바랜 황혼
기울어가는 조선왕조
거친 풍랑 길 잃은 돛단배

미국 대포 한 방에 놀라
한미수호조약 맺고
일본 군함 위세에 눌려
강화도 조약 맺고
인천항 부산항, 광산채굴권
산림 벌목권 강제로 빼앗기고
청일전쟁 러일전쟁
세계 열강들 전쟁 소용돌이

누구를 위한 전쟁이었나
약소국의 설움
죄없는 백성들
그저 눈물만 흘릴뿐이다

갑오경장 이대로 못 살겠다
동학혁명
바꿔보고 갈아보자!
전국에서 일어선 조선농민들의 외침
보국안민 제폭구민 광제창생의 불길

동학의 창시자 수운 최제우(崔濟愚)
양반 상민 계급은
본디 하늘이 내린 것이 아니고
봉건사회 인간들이 만들으니
광제창생을 위해 세상을 바꿔야 한다

고뇌와 방랑의 시기 최제우는
고통받는 민중들을 구원할
하느님을 만나기 위해
양산의 통도사 내원암, 천성산 적멸굴에서
49일 기도를 올렸지만
아무런 응답을 듣지 못했다

구미 용담정에서 수행을 하던 중
갑자기 가슴이 두근거리고
온몸이 떨리기 시작하면서
공중에서 천지가 진동하는 듯한
하느님 말씀이 들렸다

최제우가 득도의 경지에 이르고
동학이 이땅에 열리는 순간이었다
1860년 4월 초닷새였다

포교 활동을 시작한 최제우
인내천 사상과 제세안민(濟世安民)
동학 이론 정립하고
동경대전(東經大典) 용담유사를 지었다

하느님은 내 마음에 있다
하느님을 몸과 마음에 모시고 있는 사람은
신분이나 빈부, 적서(嫡庶), 남녀(男女)에 관계없이
모두 귀한 존재이며 평등하다
인간은 곧 시천주(侍天主)의 존재이다

51

우리는 보았다
탐관오리들의 억압과 착취에 울부짖는 농민들
교조신원 보국안민 부패척결 외치는
동학 신도들을
우리는 똑똑히 보았다
왜 그들은 그렇게 목청 터지도록
만민평등 제폭구민을 울부짖으며 외쳤는가

전라도 고부군수 조병갑 부정부패
민생 수탈 횡포 들어보소
동진강(東津江) 만석보 수세(水稅) 강제로 징수하고
부유한 농민을 체포하여

불효·음행·잡기 등의 죄명을 씌워
곤장을 때리고 재물을 빼앗고
공덕도 없는 부친 공덕비 세운다고 돈을 거두고
황무지 개간하여 농사를 짓는 농민들 잡아다
을러메고 곤장치며 강제로 물세를 징수하니
백성들 원성 하늘에 닿고 산천초목들도 돌아앉았다

군수라는 자가 이러하니
아전들은 말하여 무엇하리
물세내고 남은 곡식으로 간신히 연명하는 농민들
이리 어르고 저리 얼러 쳐서 고혈을 짜내는
탐관오리들 만행이 하늘에 이르렀다

양반 탐관오리 학정에 참다못한 농민들
동학접주 전봉준(全琫準)을 대표로 뽑아
수세의 부당함 아전들 횡포
백성들의 억울함을 조병갑에게 호소하였으나
모진 곤장만 맞고 풀려나니
녹두장군 전봉준은 동학접주 동지들과
사발통문(沙鉢通文) 집강소(執綱所)로 보내
봉기할 것을 촉구하였다.

단기 4227년 갑오년 정월
전라도 정읍 말목장터에 울려 퍼지는 풍물소리
분노한 농민들이 모여들기 시작했다
오척 단신의 전봉준이 군중 앞에 섰다

우리가 피땀 흘려 지은 곡식이
악랄한 지주 부패한 관리들에게
착취를 당한 지 오래되었고

중앙과 지방에서 관리들의 횡포가 끊이질 않소이다

이제 그 부당함을 세상에 알리기 위해
우리들이 일어서야 할 때가 왔소이다

이 기회를 놓치면 여러분들도
내 아버지처럼 곤장을 맞고 억울하게 죽거나
모든 것을 빼앗기고 굶어죽을 수밖에 없을 것이오
농민 여러분!
고부관아로 가서 조병갑을 징벌합시다

전봉준은 동학접주 동지들과 함께
천여 명의 동학농민군을 이끌고
고부(高埠) 관아를 공격하여
강제로 빼앗겼던 수세미(水稅米)를 되찾아
농민들에게 돌려주고 해산하였다.

그러나 고부농민의 억울함을 풀어주기 위해
안핵사로 온 이용태
모든 잘못을 동학교도와 농민들에게 돌리고
죄 없는 농민과 동학교도를 체포하고
살해하는 악행을 저질렀다

전봉준은 4월 말 전라도 각처에서 봉기한
동학농민군을 고부 백산(白山)에 집결시켰다.

우리가 의(義)를 들어 오늘에 이르니
그 본의가 단연코 다른 데 있지 아니하다
도탄에 빠진 백성들을 구하고,
국가를 반석 위에 두기 위함이다

안으로는 부패한 관리의 머리를 베고
밖으로는 횡포한 외적의 무리를 몰아내고자 한다

동학농민군은 푸른 오월 열 하룻날 새벽
황토현(黃土峴)에서 관군에게 대승을 거뒀고
그 기세를 몰아 정읍을 점령하였다.

동학 2대 교주 해월 최시형(崔時亨)은
억울하게 죽은 동학교주 최제우의 억울함을 풀고
포교 자유를 인정하라는
교조신원운동(敎祖伸冤運動)을 벌일 때
동학혁명군은 봉건제 개혁요구하며
탐관오리의 숙청, 양반들 탐욕과 포악한 학정 처벌
토지 재분배, 노비해방
일본세력 배격 폐정개혁을 압박했다

부끄러운 역사의 윤회 언제나 그칠 것인가
김춘추는 당나라 군사를 끌어들였고
선조는 명나라 군사를 끌어들였고
고종은 청나라 군사를 끌어들였다

부끄럽다
외세에 의존한 역사여
민족자주성을 잃어버린 역사여

오늘도 부끄러운 역사는
이어지고 있으니
우리는 언제나 자주국방
평화로운 나라
당당한 국민으로 살아갈 수 있을 것인가

갑오년 11월 29일
바람이 거세고 불고 날씨는 몹시 추웠다
공주 이인 방면으로 진격한
동학혁명군
조선관군과 일본군 연합부대를 물리쳤다

여세를 몰아
공주 우금치로 진군한
동학농민혁명군
우금치 능선에 진지를 구축하고
운명을 건 대혈전을 준비했다

1894년 12월 5일
근대식 무기와 장비를 갖춘
일본군과 조선관군의 협공을 받은
동학혁명군은 열흘 동안
40여 회 밀고 밀리는 혈전을 벌렸다

수십 차례 격전을 치르는 동안
동학혁명군 사상자는 점점 늘어났고
조선관군과 일본군 합동 대대적인 공격에
더 이상 버티지 못하고 참패하고 말았다

하늘은 스스로 돕는 자를 돕지 않았다
하늘이 내린 인간의 권리
인간자유, 인간존엄
만민평등 위해
태양처럼 뜨겁게 타오르며
의로써 일어섰던 민중들의 저항

52

아직 창문을 내릴 때가 아닙니다
푸른 하늘을 날던 구름
산 너머 어둠을 맞으며
붉게 단장하는 그대의 창가
저녁노을이 아름답습니다.

사랑하는 사람아
아직 창문을 내릴 때가 아닙니다

내가 오랜 세월
숙명처럼 짊어진 반상차별
고단한 삶에 지치지 않았던
단 하나의 이유는
당신이 있었기 때문입니다.

내가 당신께 바라는 것은
그저 바라만 볼 수 있도록
열려 있는 창문입니다

언젠가 당신을 떠나는 시간이 내게 온다해도
당신의 창문을 내리지 않기를 바랍니다

그대와 함께 하는 마지막 순간
빠르게 지워질 사연들
검은 장막처럼 두렵게 덮여올 시간들

사랑하는 그대 모습
비단처럼 감싸는 노을

뜨겁게 물드는 순간까지
그대의 창문을 내리지 말아 주십시오.

사랑하는 사람아

가난하고 힘없는 농민들 사랑한 사람
부패한 양반 탐관오리 탐학
불평등한 시대에 저항했던 혁명가
동학혁명군의 빛 녹두장군

우금치 전투에서 패한 후
전라도 순창으로 들어가
동지들과 재기를 준비하던 전봉준 장군
갑오년 섣달 그믐날 관군의 기습으로
혁명동지들 함께 한양으로 압송되었다

새야 새야 파랑새야
녹두밭에 앉지 마라

녹두꽃이 떨어지면
청포장수 울고 간다

새야 새야 파랑새야
전주고부 녹두새야

1895년 4월 23일
전봉준 손화중 김덕명 성두환 최영남
동학혁명 동지
조선민중의 마지막 영웅들
장렬한 최후를 맞았다

제 4 부

항일의 횃불 들고
어둠의 시대를 넘어

- 항일유적을 찾아서 -

항일독립전쟁(抗日獨立戰爭) 40년.
을사늑약부터 조국광복을 맞이할 때까지
세계에서 가장 잔인하고 악랄한 일본,
왜왕을 수괴로 한 제국주의 세력,
조선총독부 억압과 수탈,
친일반민족 세력들에 맞서
항일독립전쟁을 벌였던 시대

이완용, 송병준을 비롯한 반민족 매국노들
전봉덕, 노덕술, 김덕기를 비롯한 친일악질 경찰들
만주군관학교, 일본육군사관학교 출신 군인들
친일반민족 행위 왜왕의 주구(走狗)들

1945년 조국광복 후 이리저리 도망을 다니다가
이승만 독재정권에 빌붙어 목숨을 부지하고
친미반공투사로 재빨리 변신하여
정치, 경제, 교육계, 군대, 경찰에 들어가
애국자 탈을 쓰고
대통령, 국무총리, 장관, 육해공사령관,
국회의장, 대법원장 3부 요직을 점령하였다.

또한 조선사편수회 출신 반민족 역사가들, 친일문인들,
전국 대학교 강단, 국사편찬위원회 등에 들어가
한국근대 교육을 더럽히고, 항일독립전쟁사,
만주무장투쟁사 등을 축소왜곡하고
친일행위 진실규명을 조직적으로 방해하였다.

그러나 친일반역의 무리들, 그 후예들이
아무리 역사를 은폐하고 기만하려 해도
손바닥으로 하늘을 가릴 수는 없다

일제치하 어둠의 시대
항일구국의 횃불을 들고
항일독립전쟁에서 피흘려 싸웠던 의병들,
대한독립군들의 의로운 역사

민족의 정의가 바로서는 날
항일독립전쟁 40년 역사와 독립투사 애국지사들을
영원히 기억하고 숭모하는
영광된 역사가 될 것을 굳게 믿는다

53

단기 4228년 시월 팔일 새벽 5시
고요한 경복궁 정적을 깨는 군화소리
어둠속 번득이는 칼날
악다문 이, 거친 숨소리 살기어린 눈빛
섬나라 오랑캐 사무라이들
건청궁 옥호루로 뛰어들었다

이미 인간이기를 포기한 왜놈들
미친 칼부림 피로 물든 근정전
여인들 비명소리
사무라이들 입가에 어린 조소
잔인한 미치광이들 광란

사무라이로 변장한 일본군 습격
경복궁 수비대 홍계훈
궁내부 대신 이경직
고종과 명성황후를 지키려다 장렬하게 전사했다
그들의 고귀한 희생
장춘단비(獎忠檀碑)
무심한 서울 한복판에서 오늘도 비를 맞고 서 있다

교활한 왜왕의 밀지
일본공사 미우라의 은밀한 공작
섬나라 오랑캐 조선침략 야욕
기울어 가는 조선을 부여안고
척왜보국(斥倭保國) 노심초사 하던 고종
장안당 바닥에 무릎 꿇리고
세자를 내동댕이 쳤다

명성황후 처소로 들이닥친 왜놈들
상궁나인들 머리채 휘잡고 칼로 찌르고 발로 차며
명성황후를 찾았다
모두들 이를 악물고 신음소리조차 내지 않았다

"내가 조선의 국모다"
당당하고 준엄한 황후의 외침
경복궁 옥호루(玉壺樓)를 울렸다

메이지 주구(走狗) 섬나라 사무라이들
명성황후에게 달려들어 저고리를 벗기고
더러운 발로 짓밟고 일본도로 베고 찌르고
미친 듯이 칼을 휘둘렀다

궁녀들 비명소리 어둠을 가르는 칼
붉은 피 옥호루를 적실 때
명성황후 시신
경복궁 후원 녹산으로 끌고 가
기름 붓고 다시 불태웠다

북악이 돌아앉고 산천초목도 통곡할 때
섬나라 오랑캐들 잔인한 웃음을 입가에 흘리며
하늘을 향해 일본도를 치켜세웠다

금수만도 못한 오랑캐 만행
그 더러운 이름들
역사는 똑똑히 기억하고 있다

명성황후 시해 을미사변
천인공노할 만행

왜왕 메이지의 밀지(密旨)
일본총리 이토 히로부미 주도(主導)
외무상 이노우에 가오루(井上馨) 책략
일본공사 육군중장 미우라 고로(三浦梧樓)
은밀한 지휘로 저질러졌다

조선의 국모 명성황후 시해
섬나라 미치광이들
미우라 충견 시바 시로(柴四郎)
한성신보 사장 아다치 겐조(安達謙藏)
일등서기관 스기무라 후카시(杉村濬)
일본군 대위 오카모토 류스노케(岡本柳之助)
포병 중좌 구스노세 유키히코(楠瀨幸彦)
한성신보 주필 구니토모 시게아키(國友重章)
편집장 고바야가와 히데오
기자 히라야마 이와히코(平山岩彦)
사사키 마사유키 기쿠치 겐조
명성황후 시해 보고서를 올렸던 이시즈카 에조(石塚英藏)
잔혹한 하수인들
호리구치 구마이치 무라이 사토 하기와라
을미사적(乙未四賊) 김홍집 유길준 정병하 조희연
민족반역자 우범선 이두황
영원히 잊지 말아야 할 더러운 이름들

주한일본공사관 니이로(新納) 해군소좌
일본국 대본영 육군참모부로 극비 전문을 보냈다
「국왕무사 왕비살해」

인류사에 유례를 찾아볼 수 없는
잔인무도한 을미사변 오랑캐 우두머리

조선 침략의 원흉
무쓰히토(睦仁)
지아비 저지른 씻지 못할 죄
업보를 안고 죽어야 할 여인
야나기하라 나루코(柳原愛子)

분노의 칼로 베고
석유를 붓고 불에 태워라
이천 만 겨레 가슴
피눈물을 뿌리게 했던 무쓰히토
피를 토하며 죽어가게 하라

무쓰히토 더러운 피 물려받은
요시히토
조선황후 시해한 죄
조선민중 탄압하고 고혈을 짜낸 죄
지옥불 던져지게 하라

후쿠오카 시내 쿠시다 신사(櫛田神社)
명치 41년(1908) 토오 가쯔아키 기증
일본검 하나
칼에 새겨진 일곱 글자
「일순전광자노호(一瞬電光刺老狐)」
전광석화처럼 늙은 여우를 한칼에 베었다

명성황후 피가 묻은 히젠도
잔악한 말종들의 섬
후쿠오카 신사 보물처럼 모시고 있다

54

단기 4238년 을사년(乙巳年) 11월 17일
왜왕의 충견 이토 히로부미
일본헌병사령관 대동하고
덕수궁 중명전 어전회의에 나타났다

거만한 몸짓, 교활한 눈빛
조선대신들 한 사람씩 호명하며
을사늑약 찬반을 물었다

중명전 겹겹이 포위한 왜놈들 군화소리
덕수궁을 가르는 호각소리
요란한 말발굽 소리
번뜩이는 칼날들

참정대신 한규설(韓圭卨)
탁지부대신 민영기(閔泳綺)
한일협상조약
을사늑약 체결 결사적으로 반대하고
이토 히로부미의 협박과 회유에도
결단코 굴복하지 않았다

이토는 친일매국노 을사오적(乙巳五賊)으로 다시 회의를 열고
외부대신 박제순 일본전권공사 하야시 곤스케
더러운 이름으로 조약체결을 강행했다

한민족역사를 더럽힌 매국노
민족반역의 무리들
영원히 잊지 말아야 할 을사오적!

매국노 학부대신 이완용(李完用)
매국노 내부대신 이지용(李址鎔)
매국노 외부대신 박제순(朴齊純)
매국노 군부대신 이근택(李根澤)
매국노 농상공부대신 권중현(權重顯)

조국과 민족을 배반한 매국노들
음흉한 미소
흡족하게 바라보는
을사늑약 원흉 이토 히로부미

기울어 가는 대한제국
결코 매국노만 사는 나라가 아니었다
분노하는 대한국인
죽음으로 을사늑약을 반대한 애국지사들
시종무관장(侍從武官長) 민영환(閔泳煥)
특진관 조병세 법부주사 송병찬
주영공사 이한응 참정 홍만식
참찬 이상상
전국에서 들불처럼 일어선 의병들

간악한 섬나라 오랑캐들 물러가라
교활한 왜왕의 주구들
민족의 이름으로 처단하라!

사케를 홀짝거리며 회심의 미소를 흘리던
이토 히로부미
머지않아 닥쳐올 운명 네놈은 결코 알지 못했다
대한국인 안중근 중장의 위대한 징벌
하얼빈의 총성

어리석은 놈!
네가 그토록 열망하던 부귀공명
너의 끈질긴 생명도
한낱 티끌이 되어
허공으로 사라지리란 걸 알기나 했느냐
더러운 일본제국주의 개야!

아흔 아홉 칸 고대광실에서
가쿠비와 가락에 취해 술잔을 높이 들고
메이지 유신을 찬양하며
유카타 걸치고 섬나라 추종하던
덴노의 개들,
인간 쓰레기 을사오적

을사늑약 규탄 분노의 물결
삼천리 강산을 울리고
매국노 응징
저항의 깃발 조국강산을 덮었다

기산도(奇山度) 구완희(具完喜) 의사
매국노 이근택 암살 시도
이재명(李在明) 의사
이완용 암살 시도했으나 실패했다

안타깝고 애처로운 조선의 운명
바람 앞에 등불
조정에 드리운 어두운 그림자
을사년 치욕 울부짖는 백성들
약육강식 무정한 세상
하늘도 무심했다

55

1907년 7월 24일 정미 7조약
한일신협약
또 하나의 강제조약
조선통감 이토 히로부미
삼천리 강토 전권을 틀어쥐었다

이토의 개가 된 매국노들
정미칠적
이완용 송병준 이병무 이재곤
임선준 조중응 고영희
1910년 경술년 8월 22일
조선왕조 오백 년 왕업
망국의 그림자 염마처럼 다가서고
덕수궁 배흘림 기둥들 잔숨을 몰아쉬니
해 뜨는 아침의 나라
태양마저 빛을 잃어가고 있었다

서울 거리마다 일본헌병들
거미줄처럼 배치해 놓고
덕수궁 중명전
왜군 이천 오백 명 둘러쌓다

매국노 내각총리 대신 이완용
일본통감 데라우치 마사다케
한일병합조약을 맺었다

경술년 팔월 이십 구일
사회단체 집회 철저히 금지하고

합병에 반대하는 대신들 연금한 뒤
한일병합조약을 세상에 반포하였다

왜놈들 천인공노할 만행
만고역적 매국노들 죄상
천추만대 길이길이 기억하여
섬나라 오랑캐들 자자손손 대대로
유취만년의 악업을 안고
세계인들 손가락질 받으며 살아가게 하라

그리고 눈물로 기억하라
역사적 치욕 미증유 국치의 이날을
단기 4243년 경술년 8월 29일
조선의 마지막 황제 순종이
체념한 얼굴로 끌려 나왔다
떨리는 목소리로 조약문을 읽었다

「대한제국 일체의 통치권을 오늘부터
일본국 황제에게 넘긴다」

한민족 오천 년 역사
국치를 당한 그날
동방의 빛 어둠에 묻히고
오천 년 숨결 스러지던 날
이천만 겨레가 통곡하던 그날
어찌 잊으랴

현해탄 검은 구름이 몰려와
해밝은 나라를 삼키던 날
피울음 토해내는 고요한 아침의 나라

경복궁 근정전
섬나라 오랑캐 깃발
소리없이 날렸다

하늘 아래 한민족 살아있는 동안
현해탄 너머 왜열도
왜놈들 멸종하는 최후의 일각까지
국치민욕(國恥民辱)의 그날
어찌 잊을 수 있으랴

나라와 민족을 팔아
가문과 명예를 팔아
일제치하 온갖 부귀영화 누리고
대대손손 더러운 이름만 남겨준
경술국적 매국노 여덟

내각총리대신 이완용,
궁내부 대신 민병석, 탁지부 대신 고영희
외부대신 박제순, 법부대신 조중응,
친위부장관 이병무, 시종원경 윤덕영,
승녕부 총관 조민희

구더기보다 더 구역질나는 왜왕
더러운 주구(走狗)들
길이길이 기억해야 할 민족반역자들
영원히 용서받지 못할 이름
검은 바다 아마테라스 오미카미
무쓰히토의 졸개들

56

훗날,
친일반민족행위자 처벌
이승만 독재정권에 빌붙은
친일세력들 저항으로
무위로 돌아가자
민족을 배반하고
반역을 저지른 군상들에게
붙여진 이름
친일파
얼마나 친절한 이름인가
얼마나 친절한 착각인가
친일세력들
언어유희
민족반역자들에게 어울리지 않는
개같은 배려

친청 친미 친영 친러파
사분오열하던 조선말기
친일파
무엇을 잘못했단 말인가
후안무치한 변명

섬나라 오랑캐들과 결탁하여
망국에 이르게 하고
이천만 동포
억압과 수탈
차별과 착취로 고통받을 때
왜왕 은사금 귀족 작위

희희낙락 부귀영화 누리던
매국노
친일반민족행위자들
단순 친일파
지나가는 개가 다 웃을 일이다

일제강점기 민족수난의 시대
암흑의 시대
잔혹한 일제치하

오랑캐 일본을 조국으로 부르던
더러운 조선인들을 위하여
누가 친일파라 부르는가

가증스럽다
그대들
더러운 이름의 추종자들이여
친일반민족 얼굴을 가린
친일 후예들이여
개 같은 소리 집어치워라
음흉한 음모 당장 거둬라

일제강점기 억압과 수탈
인권유린
착취
앞장 서 일장기 흔들던
친일반민족행위자들
역사와 민족 앞에 씻을 수 없는
반역을 저질렀다

얼마나 큰 죄 저질렀는지
아직도 깨닫지 못하는 족속
친일쓰레기들
철면피한 그 후예들

미친개는 몽둥이가 약이다
친일반역자
그 후예들
너절한 변명
서슴지 않는 역사왜곡

일제강점기는 결코
억압과 투쟁의 역사만은 아니었다
선진 교육제도를 도입하고
근대문명을 학습하고 실천함으로써
근대 국민국가를 세울 수 있는 역량이
두텁게 축적된 시기였다

조선총독부 토지개혁 실시로
많은 농민들 소득이 증대하였고
새로운 문물 도입으로
경제와 사회가 발전하였다

주체할 수 없는 분노 온몸이 떨려온다
나라를 빼앗기고
삶의 터전을 빼앗기고
자유를 빼앗기고
언어를 빼앗기고
목숨마저 빼앗겼던
암울한 시대 일제강점기

'축복처럼 느껴진'
인간쓰레기들 부끄러운 줄 모르고
함부로 지껄이는 정신착란 추잡한 입

그들만의 축제가 열리는
오늘
역사의 정의
역사의 진실 살아나는 밝은 시대
간절한 염원
그치지 않는 목마름으로
몽둥이 들고
하늘을 우러르고 싶다

동병상련하는 친일후손들
깊은 마음속에 도사린
근원적 두려움

역사와 민족
준엄한 심판 내려질 날
차츰 다가옴을 깨달은
초조한 불안감

과거를 숨기고 싶어 하던
그대들의 할아버지
겁에 질린 얼굴로
연신 주위를 살피던 아버지
술이 취하면
기미가요를 흥얼거리고
독립군 이야기 나오면
버럭 화를 내던 친척들 모습

그들이 남긴 부와 권력
명예 뒤에 숨겨진 치부
생각하면 생각할수록
부와 권력 움켜쥐면 쥘수록
오금이 저리고
가슴이 두근거려올 것이다
밤마다 악몽을 꾸던
아버지, 할아버지

일본 제국주의자들
만주를 점령하고
대만을 점령하고
동남아를 점령하고
진주만을 들이치던 일본
영원하리라
어리석은 착각
그칠 줄 모르던 반민족 행위들

파렴치한 그들 자랑스러운 후손들
어제도 오늘도
손바닥으로 하늘을 가리고
결코 친일반민족 행위가 아니었다
눈 부릅뜨고 항변하니
길 가던 개들이 다 웃을 일이다

57

친일반역 행각 오롯이 나열하여
밝은 세상에 펼쳐놓고

철면피한 놈들
얼굴 한 번 자세히 보세

일본군 군수물자 헌납하여
독립군 토벌에 공헌하고
조선임전보국단
근로보국대
국민정신총동원 앞장서
젊은이 징병 보내고
남녀노소 징용 보내고
어린 소녀 일본군 성노예 보내고

힘없는 농어민 광부 공장노동자들
등골 뽑아 축적한 돈
일본군 비행기 기관총 바치고

친일반민족 대가로 받은 땅
족벌 사립학교 세워놓고
교육계몽 선각자 흉내 내며
신사참배 창씨개명 앞장서고

조선사편수회 보란듯 들어가
민족역사 왜곡 앞장서고
만주군관학교 일본사관학교 들어가
간도특설대 독립군 토벌 앞장서고

동양척식 토지수탈 고리대 경제수탈 농민 착취 앞장서고
조선총독부 경찰국 악질순사 애국지사 독립투사 검거
잔인하고 악독한 고문 자행

조선문예회 문인보국단 조선문인협회
민족정신 민족정기 민족언어 말살
일본제국주의 추종과 예찬
친일문학 작품 활동
이인직 김동환 이광수 최남선 서정주
노천명 주요한 김동인 채만식 유치진
박영희 김기진 최정희 이무영 최재서

조국과 민족의 주체성을 상실한 채
국민생활 정서에 악영향을 끼치고
자신의 부귀영달을 위해
광란적으로 친일한 반민족적 문인들은
민족의 죄인으로
더욱더 준엄한 책임을 물어야 할 것이다

일제치하 36년 세월
반민족 친일행각
부끄러운 시대 부끄러운 역사
어찌 더 헤아리랴

친일반민족행위 적극 가담자들
진심으로 뉘우치고
조국과 민족 앞에 사죄하고
죽음을 맞이한 자
거의 없다
그들이 남겨논 건
너절한 변명
더러운 이름 뿐

왜 그랬을까

왜 그들은 한마디 반성
한마디 사죄도 하지 않았을까

그들이 숭배했던 일본
대화혼
사무라이 정신
내선일체 대동아공영에
영혼까지 팔아먹은 탓일까

사무라이들에게 마음을 갉아먹힌
철저한 친일행위자들
죽을 때까지
너절한 변명으로 일관하고
수단방법을 가리지 않고
자신들의 행위를 정당화하려 했다

58

아무리 세월이 흘러도 변하지 않는
질량불변의 법칙
친일반민족행위자들

엄청난 부와 권력 물려받은
친일후손들
일제강점기 선조들의 행위
정당화하고 명예롭게 만들기 위한 음모
은밀하게 꾸미기 시작했다

일제치하 모든 사람들

피동적 단순가담 친일파로 만들고
일제강점기
억압과 수탈의 역사
축소왜곡하고
각종 교육혜택과 경제발전 성과를 이룬
근대사회로 둔갑시켜
조상들 친일반민족 행위를 덮으려 했다

그렇게 하는 것이
막강한 부와 권력을 물려준
조상들에게 보답하는 길이며
그들의 영혼을 위무하는 길이라
굳게 믿었으리라

친일반민족행위 청산작업
역사 바로세우기
어이없는 저항이 계속되는
어둠의 시대
친일파 아들딸은 친일파 아들딸을 낳고
친일파 재벌은 친일파 재벌을 낳고
친일파 판검사는 친일파 판검사를 낳고
친일파 교육자는 친일파 교육자를 낳고
친일파 사돈은 또 하나의 사돈을 낳고

친일세력은 친일세력 낳고
친일정신은 친일정신 낳고
친일재산은 친일재산을 낳았다

서로 말하지 않고
눈빛만 보아도 통하는 사람들

눈곱만큼도 반성하지 않는
철면피한 친일파 후손들이 뭉쳤다

선조들이 그랬듯
목적을 달성하기 위해
그들은 수단방법을 가리지 않았다

성공을 위한 모든 행위는
악이 없다고 믿었다
오직 성공만이 그들이 믿는
유일한 선이었다

그들은 대한민국 그 어디에서도 통하는
마술피리 알라딘을 가진 존재라고
스스로 굳게 믿었다

언론에서, 기업에서, 대학에서,
여의도에서, 광화문에서 외쳤다
때가 왔다
음지에서 움츠렸던 가슴들
활짝 펴고 일어나라

친일파 비웃는 손가락질
친일인명 사전 편찬 친일반민족 재산 환수
더 이상 용납할 수 없다

고대광실 높은 담
친일반민족행위자 후예
보수언론들
친일재산 국고환수 반대

친일인명 수록 무효투쟁 선언하고
뉴라이트 표방
친일보수 세력 앞세워
또 하나의 역사전쟁을 시작하였다

59

일본제국주의 극렬 추종자들
친일반역매국노들,
조선총독부 바이러스 감염자들

마지막 총독 기시 노부유키
더러운 예언 그대로 맞아 가는가

조국광복 칠십 년
이데올로기 대립과 분열
남과 북 평화 없는 대치
보수와 진보
재벌과 노동자
호남과 영남
끊임없이 이어지는 지역갈등
강남과 강북
가진 자와 못 가진 자
점점 벌어지는 빈부 격차

악령처럼 다시 살아나는 색깔론
낡은 이념논쟁
학벌 족벌 파벌
모피아 세피아 법피아

하이에나의 끝없는 탐욕
공리공론 권력다툼 붕당파벌
망국으로 치달았던 조선
반갑지 않은 유산
다시 살아 나는 역사
불길한 윤회
전범 기시 노부스케의 손자
아베 신조
개떼 같은 졸개들
발호하는 수구우익 제국주의자들

아베의 시바견 너절한 각료들
혐한으로 치닫는 극우세력
살모사처럼 교활하고 추악한 망언들

독도는 일본땅 다케시마다
일본군 성노예(性奴隷)
조선총독부와 일본군 권력을 동원하여
강제로 끌고 갔다는
객관적인 자료는 하나도 없다

밝은 나라 밝은 사람
진실한 정의를 사랑하는 대한국민들
분노의 촛불을 들고
노도처럼 일어나
후안무치한 일본을 규탄했다

위대한 대한국인의 부활
다시 살아난 과거사 진상 규명
친일인명사전의 출간

역사정의
태백산맥처럼 일어서는
극일의 횃불

가달로 짠 생애 교활하게 숨겼던
영일만 갈매기 태통령
푸른 기와집 점령하니
쥐 죽은 듯 지하로 숨었던 극우친일세력들
곳곳에서 준동할 준비하며
은밀하게 현해탄 넘나들기 시작했다

일본 군국주의자들 망언
아무 부끄럼 없이
앵무새처럼 지껄이는 신친일 세력들

횃불의 저편
살쾡이처럼 넘나드는 현해탄
하얀 이빨 드러낸 어둠속에서
살며시 고개를 쳐들었다

60

서울 안국동 주한일본대사관 앞
눈이 오나 비가 오나 열리는
수요규탄집회
22년 동안 끊임없이
일본의 사죄를 요구하는
할머니들의 눈물
함께 절규하며 분노하는

대한의 어머니와 딸들
피켓 든 고사리 같은 손길들

극우 군국주의 부활 책동
일본 전범 기시 노부스케 손자
아베 신조
파렴치한 정권

변한 것은 없었다
질량불변
걸레는 빨아도 걸레다

오늘,
이 시대
대한민국 서울거리에서
단 한마디 사죄도 없이
모르쇠로 일관하는 일본 대사관
뻔뻔한 행각 버젓이 벌이고 있다

대한민국 국민들 분노
저들은 정녕 모른단 말인가
왜놈들 간담을 서늘케 하던
대한국인들
행동하는 양심들
지금 어디서 무엇들 하고 있는가

우리는 아직도 부끄럽다
친일반민족 행위
진실규명조차 하지 못했다

바로 잡지 못한 역사정의
못다 이룬 역사광복
가슴 저리게 다가선다

광복 70주년 다가오는
2014년 현충일
순국선열들이시여
무능한 후손들 부디 용서하소서

61

2010년 5월 10일
경술국치 백주년을 앞둔 날
위대한 양심고백
고귀한 역사의 진실
드디어 세상에 알려졌다

한일강제병합 100주년
한국의 양심 있는 지식인 109명
서울 중구 프레스센터에서,
일본의 용감한 양심지식인 105명
도쿄 일본교육회관에서
동시에 기자회견을 열었다.

'경술년 한일강제병합 원천무효 선언'

경술년 한일강제병합은
대한제국 황제로부터 민중에 이르기까지
모두 격렬하게 항의하는 것을

일본군대의 힘으로
짓누르고 실현한 제국주의 행위이며,
불의부정(不義不正)한 행위이며,
조약의 전문(前文)도 거짓이고,
본문도 거짓이다라고
한국과 일본의 양심있는 지식인
214명은 밝혔다

62

정의(正義)는 반드시 승리하고
진실(眞實)은 언젠가 밝혀진다
그리고 역사는 진보한다

반민족행위로 지은 죄
저승가기 전에 반성하고 회개하는 것
당연한 도리다
선조가 저지른 반민족행위
진심으로 사죄하는 것은
후손들 아름다운 도리이다

연좌제 운운하며
단물은 빨고 쓴물은 뱉겠다는 작태
교활하고 비겁한 일이다

비겁한 왜놈들
교활한 극우정치꾼들
조선침탈의 역사
사죄 않고 버틴다 하니

친일반민족행위자 후손들
그들 꽁무니 따라
아직도 버티고 있는 것인가

혹시라도
버티다보면 좋은 날이 오리라는
어리석은 착각에서 벗어나라

진심으로 사죄하라!
하루 빨리
일제강점기 피해를 입은 분들
독립투사 후손들을 위한 일에
적극 나서라
그 길만이
그대들이 진정 속죄하는 것이며
민족화합에 동참하는 길이라는 걸
명심하라

민족이 화합하고
공존번영의 길로 가는 시대
이제 그대들에게 도래하였다
기회는 항상 오는 것이 아니다
친일반민족행위자
그 단물만 빨고 있는
비겁한 후손들
충심으로 고하노니
어서 참회하고 사죄하라!

만약 그대들이 대한국민의 바람을 외면하고
화합의 길을 거부한다면

지금까지 그대들이 누리던 달콤한 부와 권력이
국민들의 심판을 받게 될 것이며
분노한 대한국인의 강력한 저항에
직면하게 될 것이다
그대들 힘의 원천
친일반민족행위로 쌓은
재산 달콤한 부의 젖줄
친일보수 권력의 황홀한 보호
산산이 부서지고 무참히 무너지리라

이민족 침탈의 역사
억압과 수탈의 죄악을 반성하지 않고
오히려 극우로 치닫는 일본
머지않아
세계인들의 지탄을
더욱 강력하게 받을 것이며

인류 정의의 칼날
뜨거운 양심의 울력으로
왜열도 섬처럼 외톨이가 되어
그들이 그토록
자랑스럽게 여기고 있는 경제대국
군사대국의 허상
썩은 고목처럼 쓰러지는 실상(實狀)을
똑똑히 보게 될 것이다

제 5 부

항일독립전쟁 성지순례

육천 년 역사 초유의 국치(國恥)
경술(庚戌)망국(亡國) 한일강제병합
삼천리 이천만 민족의 피와 눈물
억압과 굴욕의 시대
일제치하 36년

조국과 민족의 독립을 위해
목숨을 바치신 항일독립전쟁의 영웅들
위대한 투쟁의 역사,
순국선열들을 추모하고 기리지 않는다면,
국난의 위기 이 땅에 닥쳐왔을 때
그 누가 조국과 민족을 위해 싸울 것인가

역사는 청소년들의 사표(師表)이며
시대의 얼굴이며
민족의 거울이다

조국과 민족을 위해
국권침탈 세력에 맞서 싸웠던 항일독립전쟁사
금과옥조(金科玉條)로 오늘에 되살려
옹골찬 민족역사 바로 세워야 할 것이다

63

우리는 하늘이 내린 사람의 아들 딸
대한조선(大韓朝鮮)의 남과 여
위대한 민족 발자취 찾아가는
밝달과 아리

1945년 팔월 십오일 정오
그 무덥던 여름날
히로히토의 떨리는 목소리
대동아 전쟁 종전선언

만세소리 강산을 뒤흔들던 날
이천 만 겨레 부둥켜안고
태극기를 흔들었다

1945년 9월 2일
일본 도쿄만 미국군함 미즈리호
항복문서 조인

들불처럼 타오르는 목마름
눈물로 기다려왔다
조국광복 민족해방의 기쁨과 환희

기쁨도 잠시였다
한반도 남쪽에 미국군
북쪽에 소련군 점령군으로 들어왔다

잔혹한 일본제국주의 치하
36년 동안 탄압과 수탈을 견디며

우리들이 기다려왔던 것은
점령군이 아니었다
분단도 결코 아니었다

날벼락처럼 날아온 남북분단
삼천리 강산 통곡소리 대지를 적시고
약소민족 대한사람들
동강난 삼팔선 허리를 부여안고
성난 백호처럼 울부짖었다

은하수보다 잔인한 38선
견우직녀보다 가슴 아픈 이별
아리는 북쪽 고향으로
밝달은 남쪽 고향으로
다시는 만날 수 없는
남남북녀(南男北女)가 되었다

잠시라고 믿었다
머지않아 다시 만날 수 있으리라
정말로 가슴을 졸이면서
정말로 잠시라고 믿고 싶었다

그러나
남북분단의 비극
분단 70년 세월 강물처럼 흘러도
끝내 끝나지 않았다

내선일체 허울뿐인 구호
가증스러운 왜놈들 거짓선동에 놀아난
강대국 포츠담 선언

스스로 전승국이라 부르는 미소
어리석은 인종들
무지의 소치
남북점령

육천 년 찬란한 문명
자주국 대한의 역사
40년 동안 항일독립전쟁을 벌였던
위대한 국민들 나라
대한민국

알 리가 없었다
무지몽매한 4대국 지도자들
알려고도 하지 않았다

마치 전리품 챙기듯
멋대로 그어버린
원한의 38선
저항 한 번,
항의 한 번 해보지 못하고
속절없이 당해야 했던
남북분단

전범국 식민지로 살아온 약소국의 설움
냉혹하고 처절한 현실
또다시 찾아온 기구한 운명
무너지는 가슴
서러운 눈물만 흘려야 했다

무지몽매한 로스케양키들아

전범국 독일 갈라먹 듯
섬나라 오랑캐들 두 동강 내야지
어찌하여 일제 수탈과 탄압으로
한없는 고통을 받은 죄 없는 나라
대한국민들 갈라놓는 것이냐

온전한 정신 어디 두고
부끄러움도 없이
분단 만행 서슴치 않는가
애당초 힘없는 국가
약소민족을 위한 강대국
이 지구상에 존재하지 않았다

강대국 침탈의 역사는 윤회하고
약육강식 정글의 법칙
언제나 변하지 않는 진리였다

그러나
기억하자
눈물로 기억하자
미소(美蘇)의 반인륜 범죄

언젠가
그 언젠가
하늘의 징벌 역사의 심판
반드시 내려지리라
믿고 살자
하느님처럼 믿고 살자
경제대국 부국강병의 칼을 갈며
하느님처럼 믿고 살자

노동자 농민
약자를 위한 볼셰비키 혁명
제국주의 식민지
약소민족을 위한 민족자결주의
강대국 권력탐욕자들
악마의 속삭임
새빨간 거짓말이었다

보라
이데올로기 냉전
강대국 숨겨진 음모
70년 세월 강물처럼 흘러도
남과 북
분단장벽은 열리지 않았다

한 겨레 한 핏줄
대한의 아들딸들
눈물의 38선 이산가족이 되어
이데올로기 철조망
분단의 장벽 휴전선 붙들고
임진강 하늘
자유로이 날고 있는 기러기떼
하염없이 바라보며
오늘도 눈물만 흘리고 있다

64

서울특별시 안국동(安國洞) 삼거리
원한 맺힌 일장기

자랑스레 당당하게 걸려있는
주한일본대사관

오늘은 평화의 수요일
눈물짓는 하늘 분노(憤怒)의 날
쥐죽은 듯 고요한 대사관
굳게 닫힌 창문들

야스쿠니 가미가제 후예들
현해탄 검은 바다 용사들
오늘도 안녕들하신가

고요한 일본대사관 앞
단발머리 맨발 소녀상
단정하게 한복을 입은 소녀
꽉 쥔 주먹
어깨에 내려앉은 작은 새

왜놈들 강제로 끌고가
성노예로 짓밟았던 소녀들
피어보지 못한 꽃
애달픈 기림비

일본군 성노예
그 말
왜 이리
가슴이 저며오는 것일까
단발머리 맨발 소녀
왜 이리도
눈물이 나는 것일까

재 너머 부모님을 위해
새참을 이고 가다가
소학교 동무들
집으로 돌아오는 길에서
동구 밖 시냇가 빨래터에서
영문도 모르고 끌려간
우리들의 딸들

남지나 먼 나라
낯선 하늘 뜨거운 태양
잔혹한 그늘 아래
능욕으로 부서지는 고달픈 육신들

일본군 성노예 서러운 세월
악귀처럼 달려드는 왜놈들
더러운 숨소리 할퀴고 간
정글 어두운 밤
북두칠성
눈물로 그려보는 북쪽하늘
두고온 고향 부모형제 그리워
허공에 부친 편지

하나도 죄가 없는
어린 소녀들
어느새
팔순을 넘긴 나이
백발의 할머니가 되었다

1992년 1월 8일 수요일
강추위가 몰아치던 날

성노예로 끌려갔던 할머니들
일본의 철저한 사과를 요구하는
첫번째 집회를 열었다

비가 오나 눈이 오나
모진 바람 불어와도
눈물의 수요일이 오면
일본대사관 앞 차가운 길거리에서
평화의 집회를 열었다

이십 년이 지나고
천 번이 넘도록
목이 터져라
외치고 또 외쳐 보았건만
일본군 성노예 사실이 아니다
앵무새처럼 지껄이는 섬나라 오랑캐
구역질나는 쪽바리 새끼들

목줄때기 세워
침탈의 역사 부정하면
저희들 악행 조용히 묻힐 날
반드시 오리라 믿는
어리석은 파렴치한들 나라

일본대사관 오늘도 변함없이
창문 굳게 내린 채
네부타 인형처럼 말이 없다

현해탄 건너 섬나라
인간말종들아

보라매에 놀란 까투리
낟가리에 대가리 쳐박듯
역사부정 모르쇠 훈도시에
대가리 박고
침탈의 역사 외면하니

역사는 정의를 먹고 살고
진실은 언젠가 밝혀진다는 진리
정녕 모른단 말인가

철면피한 왜족들
경제대국 군사대국의 꿈
이미 일장춘몽으로 끝나가고
서서히 가라앉는 왜섬
분노하는 화산들
성난 지진 들이치는 해일
폭발하는 원자력 발전소
인과응보
가련하고 애처로운 일본인들

21세기 지구촌 시대
도도하게 흐르는
역사의 진실
너희들 음흉한 와리바시로
결코 막을 수 없다
일본정부는
일본군 성노예 인권유린
과거 침탈의 역사 인정하라
사죄하고 배상하라!

한국정부는
일본군 성노예 피해자들 명예
인권회복에 앞장 서라

일본 대사관 앞
평화의 수요일
왜놈들 반성과 사과가 없으면
전세계 양심을 향한
할머님들 처절한 외침
영원히 멈추지 않을 것이다

65

명성황후 시해 한(恨)이 서린
건청궁 옥호루(玉壺樓)
경회루 그림자 길게 드리운 향원정
오백 년 왕업 치욕의 역사
눈물로 지켜본 빛바랜 건물들

지는 해 등지고
하염없이 바라본다
말라버린 눈물
핏발 선 눈으로

잔악한 군국주의 일장기 걸렸던 근정전
아무런 부끄럼도 없이
셔터를 눌러대는 일본관광객들
뻔뻔한 얼굴들 역겨워
벌레 털듯 소스라쳐 광화문을 벗어났다

극우로 치닫는 일본의 뒷배
일본 과거사 날로 씹는 미국대사관
연민의 눈길 던져주고
광화문 거리 한 복판에 섰다
세종대왕, 이순신 장군 동상 앞에
옷깃을 여미고
고요히 고개 숙인다

나날이 무능 번쩍대는 보수정권
언론대궐 동아 조선 누각을 지나
경술국치 망국의 한
덕수궁 중명전에 섰다

비운의 황제 고종이여
민중들 피눈물로 지키려했던
대한독립
만세 만세 만세

1910년 8월 29일
덕수궁 대한문 앞
지킬힘 없는 죄밖에 없는
대한국민들
피눈물로 하늘에 맹세했다

살모사처럼 기어든 섬나라 오랑캐
현해탄 너머 몰아내고
삼천리 금수강산 한겨레
오롯한 자주독립 찾으리라
주먹눈물 닦아내며
맹세하고 또 맹세했건만

항일독립전쟁 40년
선열들 피눈물의 투쟁
우리들 손으로 찾지 못한 나라
천추의 한이 되었네

강대국들 스스럼없이 꽂은 비수
반동강난 허리 부여안고
허위허위 살아온 칠십년 세월

왜놈 잔재 반쪽자리 역사
동족상잔 끝나지 않은 남북대결
어찌 통탄치 않으랴

무역대국 지세븐 국민소득 4만불
무지갯빛 통일 대박
소리치는 오늘도
악령처럼 다시 살아나는
일본제국주의
파렴치한 극우혐한 세력

마른 북어처럼 두들겨 제압할 힘
아직도 기르지 못했건만
가만히 있으라
가만히 있으라
거짓과 위선으로 무장한 붉은 세력들

대기업 스펙그물 목이 감겨
대자연 싱그러운 숲길 낙엽 지는 캠퍼스
애틋한 사랑 한번 나누지 못하고
낡은 도서관 비좁은 자리

여린 허리 혹사하는
나약한 우리 아들딸들 바라보며
소리없는 눈물만 앞을 가린다

민족자주 조국통일 오롯이 이룩하고
열강들의 각축장
거친 광야
검은 장막 이끼처럼 걷어내고

아시아의 등불
인류의 광명
사랑과 자비의 코즈모폴리탄으로
정정당당하게 걸어 갈
그 날
정녕 멀기만 한 것일까

66

오백년 왕업 허망한 그림자를 안고
고종장례식 거행하던 덕수궁
잔인한 세월에 씻겨간 고궁
서럽게 잊혀간 역사

서러운 대한문 떨쳐 두고
대한민국 국보 1호
다시 복원한 남대문에 섰다
자랑스러워야 할 텐데
가슴이 왜 이리 답답해 오는 것일까
1398년 세워진 한양도성 남문

배흘림 기둥 화려한 단청
날아갈 듯 고이 접어올린 처마
고색창연한 용마루 기와지붕
오랜 세월 서울을 지켰다

나약한 나라 무능한 왕조
외세에 치욕을 당하면
문화유적도 능멸을 당하는 법이다

임진년 왜군 소서행장
한양입성
숭례문
조선총독부 교활한 음모
1934년 조선고적 1호 지정
전찻길 남대문을 뚫었다

1950년 공산도배 잔혹한 흔적들
낡고 병든 남대문
1962년 군부쿠데타 세력
다시 국보 1호 지정
잔인한 세상 미친 늙은이
2008년 방화로 아프게 무너졌다

인간탐욕에 끝은 어디인가
금강송 빼돌린 대목장
눈가린 부실시공 단청장
문화재에 너무나 무지한 문화재청

2013년 부실투성이 부끄러운 복원
할퀴고 찢긴 상처

오늘도 가슴 앓는 숭례문

육천 년 한민족 역사
대한민국 국보 1호
과연 손색이 없을까

67

한민족 항일독립전쟁 역사
하얀 태양처럼 살아 숨쉬는
우리들의 간도(墾島)
그 숭고한 여정을 위해
서울의 동맥 지하철 1호선
인천행 열차를 탔다

동방의 혈맥(血脈)
우리들의 간도
얼마나 가슴 뛰는 이름인가
얼마나 그리운 땅인가

한민족 시원 인류의 대본영
육천 년 문명
고구려 발해 광활한 영광
항일독립투사들 고결한 숨결
말 달리던 선구자
지평선 너머
오롯이 빛나는 태양
대흥안령 산줄기 손짓하는
활달한 대지

우리들의 땅

가자
지평선 포근히 잠든 옥수수밭
아라리 송화강 달빛
하얀 태양 이글이글 타오르는
간도로

을사늑약 외교권 강탈
정미늑약 통감부 행정권 장악
섬나라 강도왜놈들
만주 철도부설 탄광개발권을 얻기 위해
땅주인 허락도 없이
팔아버린 땅
간도협약
강탈당한 간도

아편에 찌든 청나라
손문 신해혁명으로 쓰러졌고
연안 샤오산의 붉은 별 모택동
팔로군 대장정
공산주의 혁명으로 중화를 세웠다

랴오닝(遼寧) 헤이룽장(黑龍江) 지린(吉林)
남의 땅 중국 동북삼성
한민족 후예들
소수민족이 되어
조선족이란 낯선 이름으로
해 뜨는 내일 기다리며
서글피 살고 있다

동인천 광장에서 버스를 타고
연안부두 국제여객터미널에 내렸다
흥겨운 갈매기 비릿한 갯벌내음
상큼한 바닷바람
나그네 옷깃을 스친다

1876년 조일수호조규
강화도 조약
강제개항 수모를 겪었던 제물포
인천상륙작전 함포사격
동족상잔에 찢긴 바다

세월은 약이었다
세월은 척박한 세상을 녹여
화해와 포용의 바다
흥성스러운 바다로 흘려보냈다

갈매기 벗삼아 고기잡는 배들
서해바다 연안여객선
국제여객선들
바람처럼 자유로이 드나들고

푸른 바다 고요한 안식
서해 섬 모래사장
살며시 얼우던 파도
고요히 밀려오는 평화의 인천항

압록강변 북중 국경도시
단동으로 가는
동방명주호에 오르니

멀리 자유공원이 보이고
인천항 부두 눈앞에 펼쳐진다

인천시민들 자유공원
개항누리길
인천상륙작전의 영웅
아무 죄도 없는 맥아더 동상
이천오 년 수난을 겪었다

그렇게 침 마르게 추켜세우더니
세월이 변한 탓일까
세상인심 참으로 허무맹랑하다

바람결 비린내 요란스럽게 달려드는
여객선 갑판 위로
갈매기 소리만 요란하다

68

오후 5시 30분
뱃고동 소리 넉넉하게 울리고
갑판위로 쏟아지는 7월의 햇살
보석처럼 눈부시다

북쪽으로 머리를 틀어올린 여객선
연안부두 훌쩍 벗어나
떠나는 이 설레게 하는데
바다를 뚫고 청룡처럼 솟아오른
인천대교 위용 눈앞에 펼쳐진다

여객기들 안식처 영종도
인천공항을 향해 날아가는
잠자리 같은 비행기
줄지어 고도를 낮춘다

용유도 앞 저녁 바다
눈부신 햇살 부서져 내리고
무서운 실미도 무의도
상기된 얼굴로 바다에 누웠다

수평선 위로 가라앉는 해
붉은 날개 접을 때
연평도 고기잡이 배들 만선의 노래
오색 깃발 펄럭이며 돌아온다

붉게 타는 석양 계란 속처럼 익어갈 때
파도를 가르는 여객선
날선 속도
속절없이 누운 바다
하얀 이빨을 들어낸다

어허 물이 끓는다 구름이 마구탄다
둥둥 원구(圓球)가 검붉은 불덩이다

시인의 말은 오늘도 유효하다
어느새 서해바다 위
시뻘건 불덩이가 누웠다
수평선 너머 붉은 노을 사라지고
검은 바다는 이제 검은비단처럼
수평선 위에 눕는다

여객선 불이 하나 둘 들어오고
선상에서 바라보는 하늘
보석처럼 박힌 별
서해바다로 소리없이 떨어진다

시원한 바닷바람을 가르며
여객선은 북으로 북으로 달려간다
검은 안개 북녘을 감싸고
메뚜기 같은 고깃배들 불빛
수평선 위로 별처럼 앉아 있다

검은바다를 품고 이국으로 향하는 배
잠 못 이루는 여행객들
갑판에 옹기종기 모여
밤하늘의 별을 세고 있다

69

새벽에 눈을 떴다
아주 특별한 해돋이가 열리는 바다
북한의 산하를 넘어온 아침 해

나는 서둘러 갑판으로 나갔다
파도가 높다
아직도 하늘에 별들 총총하다
언제나 여객선 집삼아
중국을 오가는 따이공 말이
오늘은 일출 보기
아주 좋은 날이라 한다

백두산 가는 사람들
고구려 보러 가는 사람들
돈벌어 고국으로 가는 사람들
하나 둘 잠 못 이룬 눈 비비며 나왔다

동녘 하늘이 밝아온다
하얀 먼동
차츰 붉게 타들어 간다
검푸른 바다 수평선 위로
뻘게처럼 구름이 기어간다
방향을 알 수 없는 바람
뱃전을 스치다 하늘로 사라진다

먼동이 열리는 수평선 위로
멈춘 듯 싯뻘건 태양이 솟는다
바다는 금새 환하게 열린다

갈 수 없는 나라
북한 땅
정겨운 섬들 멀리 보이고
신작로처럼 바다를 가르는 붉은 기운
하늘로 솟는다

모두들 밝게 웃는다
오늘은 아주 운이 좋은 날이라고
모두들 붉은 해처럼 웃는다
저 멀리 대게처럼 다리 벌린
동강항 기중기들
그리운 임 손짓처럼 눈으로 들어온다

압록강 하구 평안북도 신도
마안도 노적도 싸리도
줄 지어 선 섬들
거북이처럼 앉아있다

가고 싶어도 갈 수 없는 나라
사라진 썰물
하얗게 드러난 해안선
검은 갯벌
고래등처럼 빛난다

70

동강항구 입국장
언제나 굳은 얼굴 세관원
초록빛 공안들 무표정

니 하오
안녕하세요
말 한 마디만 남겨놓고
납덩이처럼 가라앉은 마음 추스르며
단동행 버스에 올랐다

압록강 하구 따라 북동쪽으로
이십여 분 달려가니
북한 곡창지대
황금평 초록 물결 바람에 일렁인다

눈부신 햇살

싱그러운 7월이 내려앉은
짙은 녹색 평원
올해 벼농사는 대풍일 것 같다

김씨왕조 독재공포정치
살쾡이처럼 물어뜯는 굶주림
울부짖는 북녘 동포들

소리없는 무너지는 가슴
간절한 기도
소리쳐도 울부짖어도
돌아앉은 하늘이 야속하다

내 나라 내 동포들 아픔 외면하고
경제개발 민생복지
홀로 외치는 세상이 슬프다

멀고 먼 나라 아프리카
기아에 허덕이는 아이들
눈물 닦아주고
피를 나눈 우리들의 아들딸
애처로운 굶주림
애써 외면하는 서글픈 세상

언제부턴가
아주 그럴듯한 말이 생겨났다
인도적 지원
북한 취약계층 인권 증진
정말 그럴듯하다

배분 투명성 보장
비방 중지 핵개발 포기
북한의 성의 있는 자세
한반도 신뢰프로세스
숨겨진 속셈 은근히 끼어 넣었다

얼마나 그럴듯한 연극인가
우리는 너희들 태양이니
따사로운 햇볕에 옷을 벗어라
얼마나 그럴듯한 가면인가

정치란 이름으로
사상이란 이름으로
서슴없이 행해지는 폭력들
이제 아무 부끄러움 없이
인도(人道)에 비수를 꽂는다

2011년 6월
황금평과 위화도
중국에게 50년 간 임대해주고
공동개발을 약속했다

쌀 한 톨도 귀한 북녘땅
대지에 생명나무들 베어내고
산등성이마다 옥수수 심는 나라

신의주 최대 곡창지대
위화도 황금벌 논밭 깡그리 밀어내고
대기오염 산업공단 세우는 작태
제정신 있는 짓인가

곡창지대 밀어내는 불도저 소리
동포들 통곡하는 소리
소리없이 치미는 분노 목구멍을 넘는다

황금평 넓은 들
우리들의 압록강에는
북한 땅 야금야금 먹어가는
중국인들이 신바람 나게 건설하는
신압록강 대교 주탑 두 개
하늘 찌를 듯 솟아오르고 있다

71

항일독립전쟁 역사의 현장
삼도랑두(三道浪頭)
파란 눈의 독립투사 조지 쇼(George Lewis Shaw)
이륭양행(怡隆洋行)
여객화물선들 정박하던 곳
독립투사들이 상해를 오가던 항구

항일무장투쟁에 필요한 무기 탄약
독립자금, 독립신문, 상해 임시정부 문서들
이륭양행 배를 이용하여 전달되었다

왜경들 감시의 눈초리
노상 번뜩이던 곳
상해로, 대련으로, 북경으로 가기 위해
조지 쇼의 여객선을 기다렸던
수많은 애국지사들

백범 김구 주석을 비롯하여
김가진 안창호 정정화 김승학 함석은
어찌 그 많은 이름들을
이루 다 헤아릴 수 있으랴

아일랜드 출신 영국인 조지 쇼
영국의 억압 아래 신음하는 조국을 생각하며
대한독립청년단 광복군 총영
상해임시정부 애국지사들을 도왔고
무기, 탄약, 폭탄 등 독립군 물자들을
비밀리에 운송했으며
위기에 처한 애국지사, 독립군들을
자신의 집에 숨겨주기도 했다

목숨 걸고 항일독립전쟁을 도왔던
의인(義人)이며
독립투사들의 은인이며
독립투사였다

대한민국 정부에서는
1963년 건국훈장을 추서했으니
그의 가족을 찾지 못해 전달하지 못하다가
2012년 광복절
그의 손녀 마조리 히칭스에게
훈장을 전달하였다
일제의 침탈과 억압에 항거하여
독립전쟁에 나선 한국인들을 위해
일본과 싸웠던 우리들의 영웅
조지 쇼
헌신적 희생과 용기

고요히 머리 숙인다

지금은 폐허가 되어버린,
삼도랑두 이륭양행 터
압록강 바람만 머물다 사라지는
황량한 강변
신의주가 바라보이는 이곳에서
다시 고개 숙여
애국지사들에게 흠모와 경의를 올린다
대한국인 거룩한 이름으로

72

북중 국경도시 단동(丹東)
압록강 가로지르는 평양행 철교
선명하게 새겨진 글자
조중우의교(朝中友誼橋)
얼마나 아름다운 이름인가
벗의 우정

임진강 휴전선 끊어진 다리들
분단 70년 멈춰진 기차
망향의 동산 오버랩 되어 가슴을 친다
자유롭고 따스한 바람
압록강 푸른 물결 보듬는
압록강변에서
속절없는 나그네 상상의 나래
강 건너 신의주를 향한다

서울에서 기차를 타고
눈물의 휴전선 꿈 같이 지나
개성 선죽교 만월대 고려궁궐 돌아보고
단군릉 대동강 을밀대
고구려 벽화 사신도 쓰다듬고
영변 약산 진달래꽃
아름 따다 뿌리오리다

용천역 폭발사고 현장
안타까운 주검들 명복을 빌고
신의주 압록강변 흰 돗자리 깔아놓고
압록강 물 한 움큼 마시고
서러운 가슴들 모여 앉아
약산 진달래 막걸리 한 사발
타오르는 목마름으로
밤새 이야기 나누고 싶다
흐드러진 웃음 한 번 크게 웃어보고 싶다

73

우리는 하늘이 내린 사람의 아들딸
대한조선의 남과 여
애국선열 피어린 자취 찾아가는 외로운 나그네
얼어붙은 망국민 가슴들
아는 듯 모르는 듯
유유히 흘러가는 강물 역사의 강

왜놈들과 한 하늘이고
부끄럼도 없이 살 수 없어

만주로 망명했던 항일독립전쟁 전사들
얼마나 많은 이름들 불러야 하나

민족주의 사학자 신채호 선생
압록강을 건너면서
망국민 설움을 안고 불렀던 노래
가슴을 치며 다가온다

가난과 병환
잠시도 떠날 새 없으니
인생 사십에
너무나 찌들렸구려
한스러워라
산과 물이 끝난 국경선에서
마음 내킨 대로
노래조차 부를 수 없구나

단동에서 버스로 4시간, 322km 거리
대련시(大連市) 여순감옥
신채호 선생을 비롯하여,
안중근, 이회영 의사
수많은 애국지사들 순국한 곳이다

일제치하 암울한 시기
항일의 횃불을 들었던 독립투사
압록강 일대 항일무장투쟁의 선봉장
광복군 총영장(勇將)
대한통의부 총사령 정의부 의용군 총사령관
오동진 장군(吳東振 將軍)

조국애의 화신(化身) 오동진
발자취를 따라가다
충남 공주 공산성 주차장
초라한 귀퉁이
비를 맞고 서있는
오동진 장군 기념비를 보았다

가슴이 무너져 내렸다
우리는 지금 항일독립전쟁 순국선열들에게
무슨 짓을 저지르고 있는 것인가

위대한 독립전쟁의 역사
축소되고 왜곡되는 서글픈 현실
훼손되고 사라지는 항일유적들
잊혀간 항일열사들

조국과 민족을 위해 싸웠던 열사들
그 숭고한 정신
불후의 업적을 기리지 않고 추모하지 않는 나라

아무리 경제가 발전하고
문화가 융성해진다 해도
세계인의 존경을 받을 수 없다
역사를 잊은
민족에게
미래는 없다

수천억 자산을 움켜진 자들
가난한 민중들 생존이 걸려 있는
골목상권마저 삼키려 혈안이 되고

국민 위에 군림하는 권력
국회의원 장관 관료들
국민 혈세 거머쥐고 호강하는 자들

신라호텔 거대한 영빈관
왜왕 탄생 축하 파티에 참석하여
건배의 술잔을 높이 들었다

조선 침략의 원흉
이토 히로부미 영혼을 기리기 위해
서울 한복판에 세웠던 박문사

명성황후 시해
을미사변 영웅들 기리던 장춘단 기념비 뽑아내고
광화문 석축 경복궁 선원전 헐어내고
경희궁 흥화문 옮겨
이토 공원을 만들고 추모비를 세웠던 곳

지금은 신라호텔 영빈관이 되어
날쌔게 틀어올린 처마
역사를 숨긴 채 서 있다

조국과 민족을 위해 숨져간 순국선열들
초라한 무덤에 잡초가 우거지고
단칸 쪽방 서러운 후손들
분노의 눈물 강물되어 흐른다

일본제국주의 침략으로
국난의 위기가 다시 도래했을 때
누가 조국을 위해 피를 흘릴 것인가

왜왕을 위해 술잔을 높이 들었던 자들이
힘없고 가난한 사람들 등골 빼던 놈들이
친일댓가 부와 권력으로 득세한 자들이

결코 그런 일
일어나지 않을 것이다
단언컨대 그들은 아니다

항일독립전쟁의 역사
이렇듯 간절하게 기록하는 것은
역사정의를 바로 세우고
대한민국 자랑스러운 미래를
올곧게 열기 위한 바람이다

제6부

대한국인의 노래

하늘이 내린 민족의 자존과 긍지
육천 년 찬란한 역사
민족문화예술의 전통을 스스로 비하하고
서로 헐뜯으며 끊임없이 이어지던 파벌과 갈등
식민사대주의 역사관(歷史觀)

일제치하 더러운 식민사관
이제 쓰레기통에 던져버려라

국권상실 암울한 현실 속에서
조국광복을 위해 목숨바쳐 싸웠던 독립투사들
대한국인의 웅혼한 기상
우리들의 핏속에 용솟음치고 있음을
그대는 잊었는가

21세기 인류광명으로 거듭나고 있는
우리들의 대한민국
대한의 청년들이여!

항일독립전쟁의 영웅들의 정신을 본받아
조국과 민족을 사랑하는 길로 나서라

그리하면 대한의 옹골찬 미래가 밝아올 것이며
인류의 광명, 세계의 주역으로 우뚝 서게 될 것이다

74

이 세상에 태어나 가슴 저리도록
민족을 사랑하는 것만큼
아름다운 삶이 있을까

이 세상에 태어나 생명다하는 날까지
조국을 사랑하는 것만큼
거룩한 삶이 있을까

사람들은 말한다
사랑은 안개처럼 스러져가는
허망한 것이라고

그것을 알면서도
어찌하여 하느님은 인간들에게
사랑의 영혼을 주신 것일까

바람처럼 흘러가는 세월
숙명처럼 다가오는 사랑

무정한 시대 비바람에 깎여
서럽게 묻혀버릴 걸 알면서
조국을 사랑한 사람들
가슴 저미는 사랑
살아남은 자 영혼을 흔드는 사랑

아직 숙명을 다하지 못했는데
부르지 못할 이름
이별에 대한 두려움들이

끝내는 한 방울 눈물로 화하여
소리없이 흐르는 달무리에
목이 젖는다

가슴 가득 고인 눈물이 마를 때까지
마지막이란 말을 가슴에 묻은 채
사랑하는 사람들 세상에서
서로 사랑하며 살아갈 수 있다는 것은
얼마나 거룩하고 아름다운가

75

상해임시정부 광복군 사령부
광복군 총영 독립군 용사들
압록강 건너 동포들 고혈을 짜내는
왜놈들 주재소 공격하여 응징하고

왜놈들 억압과 수탈에 앞장선
민족반역자들 처단하고
먼동이 트는 새벽강 건너
관전현 안자구 총영으로 돌아왔다

서간도 깊숙한 골짜기
무정한 포석하(浦石河) 물줄기 돌아드는
안자구(安子溝)
항일무장투쟁의 성지

우리는 한국독립군 조국을 찾는 용사로다
나가 나가 압록강 건너 백두산 넘어가자

우리는 한국 광복군 악마의 원수 쳐물리자
나가 나가 압록강 건너 백두산 넘어가자

우리나라 지옥이 되어
모두 도탄에서 헤매고 있다
동포는 기다린다 어서 가자 고향에

등잔 밑에 우는 형제가 있다
원수한테 밟힌 꽃포기 있다
동포는 기다린다 어서 가자 조국에

고향이 그리운 이국땅
압록강 건너 국내진격작전 떠날 때
승리하고 돌아올 때
독립군 병사들은 압록강 행진곡을 불렀다

굳게 잡은 총 눈물 젖은 얼굴
불끈 쥔 주먹으로
만주 골짜기 울리는 노래

총영 유적 안자구에서 저려오는 가슴 안고
비포장 먼지 나는 길을 따라
서쪽으로 이십여 분 달려가니
광한단 광복군 사령부 유적지
향로구(香爐溝)
낯선 사람들만 들끓고 있었다

한민족의 터전 광복군의 땅
삼천 호 넘던 조선사람들 떠난 뒤
그날의 역사 증언하는 사람도 없고

이국의 나그네 웃는 얼굴로 맞는 이조차 없다

1920년 광복군 일만 명
조국광복 위해 총칼을 갈았던
향로구 골짜기

지금은 산동반도 낯선 사람들
붉은 벽돌집 사이로
무성하게 자란 옥수수들만
무심한 바람에 일렁이고 있다

광복군사령부 흔적을 찾아서
수없이 향로구 골짜기 헤맸건만
광복군 병영 훈련장
집터 하나 주춧돌조차 찾을 수 없었다

중국 공산당 모택동 정부 수립 후
한국과의 대립과 단절
한민족 역사지우기
철저하게 유린당한 항일유적들

향로구 험준한 고개 너머
또 하나의 항일유적지
홍통구(弘通溝)
대한독립청년단 피끓는 젊은이들
총칼을 닦던 곳
지금은 낯선 사람들의 땅
첩첩산골
새 한 마리 날지 않는 붉은 기와지붕 위로
빛바랜 노을만 걸려있다

우리들의 빛나는 영웅
영용한 독립투사들
조국을 위해 만주벌판을 달리던
그 어느 고을
어느 골짜기에도
항일독립전쟁의 발자취를 알리는
안내표지 하나
기념비 하나
비목 하나 서 있지 않았다

피울음 울고 간 골짜기에
피묻은 칼 한 자루
사령부 연병장에 날리는 깃발
한올조차 찾을 수 없었다

지금은 인적이 끊어진 지 오래
아무도 찾지 않는 골짜기
산까치조차 울지 않는 곳
서럽게 잊혀 간 땅
서간도
접동새처럼 피울음을 토해내고 있다

76

오전 7시 단동을 출발하여
압록강 하구
발해만 푸른 바닷가를 지나
대련여순감옥(大連旅順監獄)으로 달렸다

단동에서 대련까지 320km
고속버스로 4시간
대련역 정류장에서
여순행 버스를 갈아타고
바닷길 더 달려가
여순감옥(旅順監獄)에 도착했다

대한의용군 참모중장 안중근,
신흥무관학교 창설자 이회영,
민족사학자 신채호가 순국한 감옥

불멸의 영웅 안중근 의사
1905년 을사늑약이 체결되고,
고종의 헤이그 밀사 실패로 돌아가자
항일무장투쟁을 준비하기 위하여
러시아 연해주로 망명하였다

항일의병을 모집하여
한국의병부대를 창설하고
의용군 참모중장에 임명되어
두만강 너머 함경도 경흥, 회령
일본군 정찰대를 공격하는
국내진격작전 과감히 전개하였다

1909년 3월 2일
러시아 연해주 노브키에프스크
대한의용군 의병들
단지동맹(斷指同盟) 비밀결사를 조직했다

안중근 의사는 동지들 앞에서
침략의 원흉 이토 히로부미
암살을 선언하고
3년 내 성사하지 못하면
국민들에게 자살로 속죄한다고 맹세했다

1909년 9월
이토 히로부미가 하얼빈에 온다는
정보를 입수하고
동지 우덕순 의사와 함께
블라디보스토크를 출발하여
하얼빈으로 향했다

10월 26일 새벽
운명의 날이 밝아오고 있었다

안중근 의사는
하얼빈역 플래트홈이 바라보이는 찻집에서
조용히 이토 히로부미를 기다렸다

오전 9시 이토 히로부미를 태운
특별열차가 역에 도착하였다

러시아 재무대신 코코프초프 안내로
러시아 의장대를 사열하고
특별열차로 돌아가는 이토를 향해
안중근의사 브로우닝 권총
응징의 불을 뿜었다
3발의 총탄이 이토에게 명중했다

이토를 마중 나온
하얼빈 일본총영사
일본군 장성들
만주철도 간부에게
총탄을 퍼부어 중상을 입힌
안중근 의사
꼬레아 우레(대한만세)를 외치며
당당하고 의연하게
러시아 경찰에 체포되었다

옳은 일을 짓밟는 것을 보거든
정의를 생각하고
위태로운 처지에 놓여 있는 사람을 보거든
구해줄 마음을 가져라
그리고
나라가 위태로운 지경에 빠졌을 때는
목숨을 던져
나라를 바로 잡는 데 힘쓰는
사람이 되라
안중근 의사의 말씀
견리사의 견위수명(見利思義 見危授命)
영원한 묵향(墨香)
우리들 가슴에 피어오르고 있다

고귀하고 숭고한 애국정신
언제나 언행일치의 삶을 살았던
우리들의 영웅
안중근 의사
대한국인의 영원한 표상(表象)이어라

하얼빈 일본영사관 무자비한 왜놈들
잔인하고 혹독한 고문을 당하시고
여순감옥으로 이송되어
재판권도 없는 일본군 법정에서 재판을 받게 되었다

의용군 중장 안중근 의사
일본인 재판장을 향해 외쳤다

이토 히로부미는
대한의 독립주권을 침탈한 원흉이며,
동양평화의 교란자이므로
대한의용군사령의 자격으로 총살한 것이다

1910년 2월 14일
일본인 검사, 일본관선변호인
일본인 판사
일본인 방청객들만 참석한
불의부당하고 불법적인 재판정에서
안중근 의사 사형이 언도되었다

안중근 의사 사형언도 전해들은
어머니 조마리아 여사
애끊는 슬픔을 감추고
단호한 심정 엄중히 담은 편지를
안중근 의사에게 보냈다

네가 만약 늙은 어미보다
먼저 죽는 것을
불효라 생각한다면
이 어미는 웃음거리가 될 것이다

너의 죽음은
너 한 사람 것이 아니라
조선인 전체의
공분을 짊어지고 있는 것이다

네가 만약 항소를 한다면
그것은 일본인에게 목숨을 구걸하는 짓이다
네가 나라를 위해 오늘에 이른즉
대한남아답게 당당하게 죽음을 맞고
하느님 곁으로 가라

아마도 이 편지가 이 어미가 너에게 쓰는
마지막 편지가 될 것이다
여기 너의 수의(壽衣)를 지어 보내니
이 옷을 입고 가거라

어머니의 편지를 받고 상고를 포기한
안중근 중장은
동양평화론을 집필하던
1910년 3월 26일 사형이 집행되었다

내가 죽거든 나의 시신은
우리나라가 독립하기 전에는
국내로 들여가지 말라
대한 독립의 소리가 천국에 들려오면
나는 마땅히 춤을 추며
만세를 부를 것이다

조국광복을 염원하는 유언을 남긴
안중근 중장

대한국인의 기개가 서린
의연하고 당당함을 잃지 않고
여순감옥에서 순국하였다
일본정부와 일본법원이 공모하여 저지른
사법살인이었다
이때 안중근 의사 나이 31세였다

안중근 의사 순국 95주년이 되는
2005년에 이르러서야
안 의사 유해발굴에 나선
부끄러운 대한민국
몇 달 동안 유해를 찾기 위해
여순감옥 일대에서
발굴작업을 진행하였지만 실패하였다

당연히 유족에게 보내야할 시신조차
극비리에 매장한 일본정부는
안 의사 매장에 관한 어떤 기록도 공개하지 않고 있다

무심하고 한심한 조국
오랜 세월 무심히 흘려보내는 동안
여순감옥 묘지는
이미 아파트 단지로 변했고
증언해줄 사람들은 고인이 되었다

그 후 많은 세월
또 허망하게 흘러갔다
효창동 3의사 묘역으로
아직도 돌아오지 못하고
이역만리 타국 땅 떠돌고 있을

안중근 의사 고혼(孤魂)

2014년 2월 19일
중국 흑룡강성 하얼빈역
안중근 의사 기념관이 문을 열었다

기념관 입구로 들어서면
대한국인 안중근 의사 손바닥 인장 새겨진
거대한 편액이 서 있고
그 옆으로
안중근 의사 일생이 기록되어 있다

대한의 젊은이들이여
시월이 오면 하얼빈으로 가라
그곳에 가면
우리들의
조국과 민족을 사랑한 대한국인
우리들의
위대한 영웅을 대면하게 될 것이다

대한국인의 삶을 가슴에 담고
만주벌판 광활한 광야 지평선에 새겨진
선조들 옹골찬 기상을 품고
그대가 펼쳐나갈 조국의 미래를 그려라

그리하면 그대의 삶은
반드시
그대의 자존 너머
민족의 빛, 인류의 광명으로
우뚝 서게 될 것이다

77

여순에서 단동으로 돌아온 뒤
압록강 줄기 따라
가까운 항일유적을 답사했다

억수같이 비가 내리는 날
항일의병장 이진룡 장군 의열비
조선혁명군 양기하 장군 순국지

햇살이 눈부신 날에는
임시정부 참의부 고마령 유적
대한독립청년단 이륭양행 유적
정의부 총본부 하로하(下露河) 답사하고 돌아와
의성단 단장 항일의병장 편강렬 묘를 찾아서
단동 뒷산 금강산 공원 일대를 헤매고 다녔다

북한 신의주가 바라보이는 압록강
유람선 선착장
안타까운 아리랑 울려퍼진다

가깝고도 먼나라
가고 싶어도 갈 수 없는 나라
남북분단의 비극

압록강 물결 따라 오르내리던
서글픈 대한의 나그네
분단의 비애 가슴에 쓸어안고
다음 여정을 향해 떠나야만 했다

항일독립전쟁의 성지(聖地)
신흥무관학교
단동에서 기차를 타고 가는 여정은
너무나 지루하고 답답했다

용정행 3등 열차를 타고
열 한 시간 넘게 달려서
고구려 젖줄
비류수가 흘러가는 도시
길림성 통화시(通化市)에 내렸다

다음 날 아침 일찍 설레는 마음으로
통화를 출발한 지 30여분
신흥무관학교 합니하(哈泥河) 유적 입구
이밀진(二密鎭) 산길로 접어들었다

이밀진에서 합니하까지 37km
40여 분이면 달려갈 수 있는 거리
그러나 빗물에 쓸려간 산길
좁고 험준한 고갯길
여기저기 패어나간 길
마치 보물 모시듯 택시를 모는
기사와 승강이 벌이며
1시간 30분 지나서야
광화진 합니하 유적지 도착할 수 있었다

1912년 겨울
신흥강습소 애국청년들
백두산 줄기 서북으로 뻗어내린
합니하 깊은 산골로 달려와

겨울 내내 병영을 건설하면서
눈밭을 헤치고 혹독한 훈련을 이겨냈던
역사의 현장

휘어진 활처럼 흘러가는 합니하
한 눈에 바라보이는 산등성
옥수수로 덮여 있는
신흥무관학교 유적지에서
고달픈 여정을 내려놓고
감회에 젖는다

신흥무관학교 유적지에
기념비커녕 팻말하나
서 있지 않았다

지금으로부터 백 년 전
아무도 살지 않는 깊은 산골
낯선 땅 합니하 골짜기

자갈투성이 황무지 개간하여
씨 뿌려 농사짓고
밤이 되면 험준한 능선 오르며
피땀 흘려 훈련하던 대한의 아들딸들

장백산 밑 비단 같은 만리낙원은
반만 년 동안 피로 지킨 옛집이어늘
남의자식 놀이터로 내어 맡기고
종설움 받는 이 누구뇨

우리우리 배달나라의
우리우리 자손들이라
가슴치고 눈물 뿌려 통곡하여라
지옥의 쇳문이 온다

어디선가
신흥무관학교 교가
들려오는 듯한 착각에
합니하 너른들 둘러본다

나라의 운명을 짊어진
피끓는 젊은이들의 함성 들려오는
합니하 강변 고려구(高麗溝)

망국민 한인들 고단한 이국의 삶
빼앗긴 조국 고향산천
애달픈 그리움
애절한 울부짖음 들려오는 듯하다

합니하가 바라보이는 언덕
신흥무관학교 유적지에서
향불 하나 피워놓고 고요히 머리 숙인다

선열들이시여,
충절의 선열들이시여
무명의 용사들의 영혼이시여
머나먼 조국 못난 후손들을 용서하시고
흠향하소서
평안히 잠드소서

묵념을 마치고 산등성이로 난
작은 길을 걸어
조선족 집거촌 고려구로 갔다

한국으로 돈 벌러 나가고
도시로 떠나간 조선족
모두 떠나간
첩첩산중 황무지
조국광복을 염원했던
독립군 병사들
숭고한 숨결, 외침들
합니하 보듬고 솟아올라
허망한 나그네 가슴을 울린다

합니하 언덕에서
거룩한 이름을 불러본다
이회영, 이동녕, 김경천,
이상룡, 김동삼, 여준, 윤기섭 열사여
무명용사들이시여
임들이시여
거룩한 선열들이시여

78

통화를 떠난 기차
어둠에 잠긴 만주벌판 가르며
기적소리도 없이 달렸다

백두산 이도백하 송강진 지나

청산리 노령 넘어
발해 중경의 도시 화룡에 이르러
거친 숨을 몰아쉰다

애국시인 윤동주의 고향
항일투쟁의 도시 북간도 용정(龍井)
이천리 길 밤새 달려온
길고 긴 질주 비로소 멈춘다

일제 억압 어둠의 시대
정든 고향에서 쫓겨난 사람들
서릿발 같은 칼날에 선 사람들

어찌 정든 사람들 헤어질 수 있으랴
분노와 설움 삼키고 또 삼켰었다
빼앗긴 나라 다시 찾는 그날이 올 때까지

그러나 날로 가혹해지는
왜놈들의 탄압과 수탈
나라를 빼앗기고,
토지를 빼앗기고,
언어를 빼앗기고 이름마저 빼앗겼다

눈물의 땅 고난의 골짜기
왜놈들에게 모두 빼앗기고 남은
괴나리 봇짐 하나
울며 보채는 아이들 손을 잡고
압록강 두만강을 건넜다

낯선 남의 나라

서간도에서 북간도에서
하염없이 흐르는 눈물들
솟구치는 분노

원한 맺힌 피의 절규
어찌 총칼을 잡고
항일투쟁에 나서지 않을 수 있었으랴

용정 비암산 일송정(一松亭) 돌아서자
해란강이 앞을 막는다
평강벌 들판을 천천히 돌아서니
용정시내가 한눈에 들어온다

하늘을 우러러 한 점 부끄럼이 없기를
잎새 이는 바람에도 괴로워했던
저항시인 윤동주의 고향
용정(龍井)

별 헤는 밤 그 무덤 위에
자랑처럼 풀이 무성하건만
저토록 드넓은 광야에서
말 달리던 독립투사들 어디로 갔나

일송정 쓸쓸한 바람 구슬픈 나그네
비애서린 가슴을 어루만지다
해란강 평강벌에 지친몸을 누인다

79

만주벌판을 호령하던 만주벌 호랑이
정의부 의용군 총사령관
항일독립전쟁의 영웅
일송(一松) 김동삼 장군

경술국치 한일강제병합
육천 년 민족자존
무참히 짓밟히던 치욕의 날

조상 대대로 내려온 가산
아낌없이 정리하고
눈보라치는 압록강을 건넜다

김동삼은 압록강을 건너며
하늘에 맹세했다
조국의 자주독립 이뤄질 때까지
목숨이 붙어있는 날까지
항일독립전쟁을 멈추지 않을 것이다

만주 유하현 삼원포
신흥강습소 설립에 참여하면서
동북(東北) 삼성(三省)
첫 글자를 따서
김동삼(金東三)으로 개명했다

독립된 조국으로 돌아가기 전에는
부끄러운 망국민 이름을 쓰지 않겠다

대고산 합니하 강변 신흥무관학교
백두산 줄기 소백차 백서농장
대한독립군 함성이 울리는 골짜기에서
일송은 준엄한 얼굴로 선언했다

전쟁이다
피할 수 없는 전쟁이다
조선민족이여!
총칼을 들고 일어나
조국독립 쟁취의 길로 나서라

삼천리 강토 우리들의 조국
섬나라 오랑캐 몰아내는 날까지
목숨 걸고 피 흘려 싸워라

부끄럽지 않은 내일을 위해
만주벌 광야에서
항일의 깃발을 들어라

우리민족을 능멸하고 억압하는 자
삼천리 강토를 유린하는 침략자들을 향해
응징의 칼을 뽑아라

조국과 민족을 오랑캐들에게 팔아먹은
매국노 역적들
오천 년 역사 피를 나눈 동족을 짓밟고
개인의 영달을 위해 왜놈들 발 아래 엎드린 자
결코 용서하지 마라

덴노의 개가 되기를 원하는 자들

섬나라 오랑캐들 주구
눈꼽만한 아량도 보이지 마라
조국과 민족을 배반한 자들의 말로
지옥보다 더 비참하고 고통스럽다는 걸
분명하게 일깨워라
도둑고양이처럼 만주벌로 기어드는 왜놈들
대한민족의 이름으로 처단하고
분노의 총칼을 깊숙이 꽂아라

오랑캐들 피눈물 강물 되어
현해탄으로 흘러가는 날
검은 바다 건너
왜왕의 심장에 비수를 꽂으러 가자

김동삼은 경북 안동 전통 유림
명문가에서 태어나
영남지방 선구적 교육기관
협동학교를 설립하여
민족교육을 통한 계몽운동을 전개하였다

1910년 팔월
항일비밀조직 신민회 결의
해외독립운동기지 건설을 위해
안동 애국지사 이상룡, 김대락 등과
중국만주로 망명했다

신흥무관학교, 백서농장, 서로군정서,
대한통의부, 정의부에서
항일무장투쟁을 전개하였고
1931년 하얼빈에서 체포되어

서대문형무소에서 순국할 때까지
투쟁을 멈추지 않았다

1937년 4월 13일
봄비가 구슬프게 내리던 날
서대문 형무소
김동삼 장군은 혼백이 되어서라도
대한의 자주독립을 지켜보겠다는
유언을 남긴 채 순국하였다

나라 없는 몸 무덤은 있어
무엇 하느냐
내가 죽거든 시신을 불살라
강물에 띄워라
혼이라도 바다를 떠돌면서
왜적이 망하고
조국이 광복되는 날을 지켜보리라

하늘은 참으로 무심하였고
망국민 세상은 너무나 가혹하였다
김동삼 장군의 후손들은
멀고 먼 만주 땅에 있었고
서울에는 조선총독부 경찰들
왜놈들의 개 친일반역 무리들 날뛰고 있었으니
그 누구도 김동삼 장군의 시신을 찾아가는
사람이 없었다

무심하고 부끄러운 세태
그 가운데 의로운 이 있었으니
만해 한용운 시인이었다

성북동 집 심우장으로 운구하여
장례를 치르고 화장하여
한강 마포 강변에 유분을 뿌려주었다

만해 한용운 시인은 평생에 딱 한 번 울었다
김동삼 장군의 유해를 한강에 뿌릴 때
하늘이 울고 만해도 울었다.

절조가 높고 꽃은
척박한 늪, 눈보라치는 골짜기를 가리지 않고
피어나듯
진정한 의인은
시대상황 압박을 피하지 않고
의로운 일을 행한다

한평생 조국의 독립을 위해 바쳤던
김동삼 장군
우리들의 영원한 독립군, 우리들의 영웅
숭고한 삶
장엄한 죽음을 지켜주신
만해 한용운 시인의 의로운 기품
저절로 가슴에 모아지는 두손

타고 남은 재가 다시 기름이 됩니다
그칠 줄 모르고 타는 나의 가슴은
누구의 밤을 지키는 약한 등불입니까
가슴 깊은 곳에서 우러나는
만해 한용운 시인의 자비로운 조국애에
고요히 고개를 숙인다

80

김동삼 장군 항일무장투쟁의 도시
안중근 의사 숭고한 정신
살아있는 하얼빈을 떠나
일본만주괴뢰국 수도 장춘으로 향했다

굵은 빗줄기 끊임없이 차창을 때리며
눈물처럼 흘러내리고,
우연(雨煙)에 싸인 거리 풍경들만
차창으로 스쳐갔다

서서히 어둠이 내려앉는 거리
상가(商街)의 불빛 하나 둘 켜지고
질펀한 빗물 젖은 거리
잰걸음으로 어디론가 향하는 사람들

비가 내리는 탓일까
서글픈 가슴앓이
종착역을 모르는 버스를 타고
무작정 시간을 녹이면서
장춘시내를 돌고 있었다

차츰 어둠속으로 가라앉는 도시
만주국 치욕의 도시
배반의 도시
장춘(長春)
눈물같은 비가 내리고 있었다

사무라이 정신으로 무장한

일본군을 양성했던
만주군관학교를 찾아서
장춘으로 달려왔던 사람들

박정희, 정일권, 백선엽, 김백일,
신현준, 강문봉
너무나도 낯익은 이름들

왜 그들은 조국과 민족을 배반했을까
그들의 변명처럼
오로지 먹고 살기 위해
수천리 길을 달려왔던 것일까

한때 권력을 잡고
부귀와 영화를 누리다 죽었지만
언젠가는 그 언젠가는
준엄한 역사의 심판이 내려지리라는 걸
그들은 정녕 몰랐던 것일까

대통령, 국무총리, 장관, 국회의원,
참모총장, 해병대사령관
대한민국 근대사의 부끄러운 주역들

그들 가슴에 달았던 관직 이름으로
대한민국 근대사 지울 수 없는 그늘
민족정의가 죽어버린 시대

눈물 같은 비 하염없이 흐느끼는 도시
남의 나라 장춘에서
종착역도 모르는 버스를 타고

정의가 죽어버린 시대
정의가 죽어버린 이름들 가슴에 새긴다

81

장춘에서 한 시간 삼십 분을 달렸다
길림시(吉林市) 파호문 밖
의열단(義烈團) 창설유적지에 도착했을 때
정신이 맑아지고 있었다

궂은비 내리는 우울한 도시
민족 배반자들의 도시
장춘(長春)을 벗어난 기쁨이었으리라

1919년 11월 9일 밤
만주 길림성 파호문(把虎門) 어느 중국인의 집
은밀하게 모인 사람들

밤을 새워가면서 항일투쟁 방안을 논의하고
대한민족주의 노선을 추구하는
항일비밀결사 의열단(義烈團)을 창설하였다

정의의 사(事)를 맹렬히 실행한다
단원들의 굳은 결의는
왜놈들의 가슴에 폭탄을 안겨주었고
한민족의 가슴에는 독립쟁취의 희망을 심어주었다.

지금으로부터 그리 멀지 않은 시기
고등학교 한국사 교과서를 집필했다는 어느 교수가

의열단 항일투쟁을 기술한 내용을 읽으며
끓어오르는 분노가 가슴을 쳤다

의열단 단장 약산(若山) 김원봉(金元鳳)
과격한 공산주의자로 몰아세우며
의열단 항일투쟁 역사
폭력주의의 테러라고 매도했다

약산이 의열단을 창단하고 활동하였던 시기
그는 과연 공산주의자였을까?
결코 그렇지 않다
1917년 러시아 볼셰비키 혁명으로
비로소 태동하기 시작한 공산주의
김원봉이 그렇게 빨리 받아들일 수 있었을까
의열단 강령에서 밝혔듯이
약산은 민족주의자였다

의열단원들의 항일무력투쟁은
극단적이고 과격한 폭력주의였을까?
그들은 정녕 테러리스트로
매도되어야 하는 걸까
아니다
결코 그럴 수는 없다

국권과 영토를 빼앗기고
일제의 억압과 수탈 가혹하게 당하던 시대
항일독립전쟁의 상황속에서
조국 독립을 위하여 총칼을 드는 것은
대한국민의 당연한 권리이며 의무이다

또한 총칼로 억압하는 무리들에 대항하여
총칼로 맞서 싸우는 것은
정당하고 정의로운 행동이다

독립운동(獨立運動)
얼마나 부드러운 낱말인가
총칼을 들고 피를 흘리면서 싸웠던 그날들이
독립운동이었단 말인가

그동안 그릇되게 명명(命名)되고 축소 왜곡된 단어
친일극우적(親日極右的) 역사학자들이
항일독립전쟁의 극한 시대상황에서 벌어졌던
위대한 항일무장투쟁사
올바로 인식하지 못한 무지의 소치가 아니었다면,
아마도 반공주의를 앞세우고
민족주의를 그럴듯하게 가장하면서
항일무장투쟁사를 왜곡하고 은폐하려는
행위에 불과하다

그러므로 의열단의 정당한 무장투쟁,
안중근 의사의 이토 히로부미 사살,
윤봉길 의사의 상해의거,
김구 주석의 한인애국단 무장투쟁을
테러로 규정한 놈들은 사학자를 가장한
친일식민사학의 추종자들이며,
이 나라의 민족정기를 흐리고 말살하려는
친일매국 음모의 앞잡이들로
제정신 나간 미친놈들이라고 볼 수밖에 없다.

비인간적이고 살벌한 전쟁 상황에서

총칼을 들고 적에게 대항함은
세계인류사에서 정당한 행위라는 건
삼척동자도 아는 일이다

1905년 을사늑약으로 시작된
왜놈들의 침탈과 억압
그들이 걸어온 전쟁은 이미 시작되었던 것이다

피할 수 없는 전쟁, 40년간의 항일독립전쟁.
국권회복과 민족자존을 위하여
왜적들과 싸웠던 위대한 역사
정의와 평화를 지키기 위해 온몸으로
투쟁했던 역사를
올바로 계승하고 발전시킬 때
세계인류 주체(主體)로서의 대한민국 미래가
더욱 밝아올 것이라 굳게 믿는다

82

천 백여 년 전
발해국 중경(中京)이었던 화룡(和龍)
번잡한 시내를 벗어난 버스는
대종교 총본부 청파호촌(靑坡湖村)
야트막한 언덕에 나를 내려놓고
쏜살같이 사라져 버렸다

민족종교 대종교 삼종사(三倧師)
항일투사 나철, 김교헌, 서일 장군
초라한 무덤

오랜 세월 무심한 조국
풍상에 퇴색된 비석들

대종교 창시자 홍암 나철(羅喆)
을사오적 척살을 감행했던 항일투사
민족사학자 대종교 2대종사 김교헌
신단민사, 단기실기(檀記實記) 저술
북로군정서 총재 서일(徐一)
청산리 대첩 총지휘자이며 대한독립군단 총재로서
항일무장투쟁의 선봉장이었다

조국광복 70년
아직도 광복된 조국으로 돌아가지 못하고
이역만리 타국 땅에 쓸쓸히 묻혀 있는
세 분의 무덤 앞에서
무심한 대한민국 서러움 핏물처럼 배어나는
입술만 깨물고 서서
고요히 머리 숙여 명복을 빈다

1920년 10월 독립군 연합부대
어랑촌 전투가 벌어졌던 펼쳐졌던 이도구
청산리 전투 패배 앙갚음
일본군 한인대학살 경신참변 두도구(頭道溝)
바람도 쉬어가는 골짜기
나라 잃은 백성들 원혼 떠도는 이국땅
가던 길 멈추고 옷깃을 여민다

아무 죄가 없는 동네사람들
조선인이라는 이유만으로
한집에 가두고

불을 지르고
일본군가를 합창했다

잔인하고 악랄한 일본군 만행
용정 명동촌, 장암동, 연길 의란, 약수동,
왕청 훈춘일대에서 6개월 넘도록 자행되었다

잔혹한 왜놈들 피바람 불고 간 언덕
타오르는 불길
홍염
분노하는 낯선 사람
힐끗거리며 지나가는 중국인들
무심한 발걸음 90년 세월 흘러간 거리
역사는 그렇게 흘러가는 것이라
쓴웃음 한줌 스스로 달래보건만
두도구 영혼들의 원한
누가 위무하며 누가 풀어 줄 것인가

동쪽으로 곧게 뻗은 도로 달려가니
해란강변 드넓은 평강벌
눈앞에 펼쳐지고
비암산 일송정 바라보며 차머리 동남으로 돌려
용정시 명동촌 선바위 아래
저항시인 윤동주 생가 명동학교 돌아보고
두만강 푸른 물 슬피 우는 삼합(三合)에서
강 건너 회령시를 바라보며
분단의 아픔
잃어버린 역사
순국선열 이름들 부르다 목이 쉬어버린
두만강 뱃사공 서글픈 노래를 듣는다

두만강 줄기 따라 비포장 도로
비틀거리는 차를 타고
서쪽으로 서쪽으로 달려가
두만강 남평(南坪) 건너 무산탄광
어마어마한 크기에 놀라 소스라쳐 돌아선다

백두산 바라보며 숭선(崇善)으로 달려가니
두만강 1번지 실감난다
눈물젖은 두만강폭은 좁아지고
울창한 수림 백두산맥 위용은
코앞으로 펼쳐진다

백두산을 바라보고 서서
민족정기 큰 호흡으로 가슴에 품고
가던 길 돌아 떨어지지 않는 발걸음
두만강 국경도시 도문(圖們)으로 향한다

83

나라 빼앗긴 유랑민 눈물의 간도(間島)
사이섬 지나 일광산 수월정사
간평 삼둔자 바라보고
봉오동 골짜기
고려령(高麗嶺)에 올라섰다

두만강 건너 북간도
승냥이처럼 기어든 일본군 무찌르고
대한독립만세 외치던 대한독립군
함성이 들려온다

1920년 6월 그 무덥던 여름날
홍범도 안무 최진동 장군
대한북로독군부 전사들은
봉오동 일대에서 일본군과 혈전을 벌였다

단기 4253년 서기1920년 6월 7일
항일독립전쟁 역사에서
영원히 잊지 못할 승전의 날

두만강을 건너 북간도(北間道)로 침입한 일본군
항일의 횃불 높이 들었던
홍범도(洪範圖) 안무(安武) 최진동(崔振東)
대한북로독군부(大韓北路督軍部)
봉오동 전투(鳳梧洞戰鬪)

유월의 태양이 작열하는 봉오동 골짜기
살모사처럼 기어드는 오랑캐들
원한에 사무친 총대
굳게 움켜쥔 손

나무들도 산새들도 숨죽이는
초모정자 산정에서 왜적들이 다가오길 기다렸다

홍범도 장군 권총 불을 뿜는다
대한독립군 병사들 총구
일제히 불을 뿜는다

꺼꾸러지는 오랑캐들 비명소리
계곡을 적시는 핏물
독립군 병사들 만세소리

원한 맺힌 삼천리
분노하는 이천만 동포
봉오동 골짜기 총성
응징의 교향곡
북간도 산하에 울려 퍼진다

결코 용서할 수 없다
내 나라 내 동포 탄압하는 침략자들
십 년을 기다려왔다
섬나라 오랑캐들을 향해
분노하는 총구
이천만 동포 가슴에 서린 한
통쾌하게 씻겨간 유월
항일독립전쟁

84

지금은 저수지로 변해버린 봉오동
봉오동 전투 초라한 기념비
구십 년 세월 잊혀간 역사

고려령 손짓하는 고려촌
소리치는 봉오동 골짜기
비탈진 고갯길

다시 온다는 약속만 남겨놓고
청산리 전투 영웅들
북로군정서 총본부
왕청현 서대파(西大坡)로 달려간다

북한 남양시 동포들 바라보고
가슴 저리는 발걸음
덜컹거리는 낡은 택시를 타고
가야하 푸른 줄기 굽이굽이 돌아
마반산 대감자촌 왕청현 사거리 지나
서대파 길로 접어들었다

서대파 잣둔덕 태평촌(太平村) 야트막한 언덕
북로군정서 김좌진 장군독립군 훈련하던
연성사관학교
황량한 바람만 불고 있는 옛터

조국독립 위해 분노의 총구를 닦던
북로군정서 장병들 피땀 어린 뒷동산에서
용사들 외침을 듣는다

수천리 길 달려와 고요히 고개 숙인
무능한 후손 벅찬 감격
뜨거운 마음 태우는 향불로 올리는 묵념
잣덕 산등성 솔향에 실려
하늘로 오른다
장엄한 산등성 메아리 눈물로 흐른다

북로군정서 기념비커녕 안내팻말
하나 없는 잣덕 태평촌
돌아보고 또 돌아보며
헛짚는 발걸음
아쉬움만 남겨놓고
오던 길 돌아
북로군정서 대장정길 찾아나선다

장영촌 백암촌 서대파 지나
마반산 산등성 넘어가 대감자촌에 이르니
중공 동북항일연군 기념비 서 있고
삼도구 신흥촌 낯선 사람들
구경꾼처럼 모여드는 농로를 지나
북로군정서 대한국민회 백두대장정 떠나던
의란구(依蘭溝) 구룡령 넘어
연길 팔도구 성당 그늘에
지친 다리 잠시 추스른다

동불사 천보산(天寶山)
험한 산줄기 타고
안도현 석문(石門) 바라보며
이도구 장인하 건너
대한독립군 북로군정서 작전회의 하던
묘령에 이르니
붉게 타는 석양 산마루에 걸리고
또 하루가 저물어 간다

아침 일찍 청파호촌 삼종사 묘역에 올라가
일배(一拜) 조국광복 아뢰고
일배(一拜) 남북분단 아뢰고
일배(一拜) 민족번영 아뢰고
고개숙여 북로군정서 대장정길 아뢴다

청파호 어른들께 눈인사 잊지 않고
화룡시내 곧게 뻗은 길
해란강 줄기 따라
송월저수지 한달음에 달려가니
그 옛날 북로군정서 독립군 환영하던

송월평 사람들 떠난 자리
낯선 이국인들

물 한잔 마시고 먼지 나는 길
돌고 돌아 청산리로 접어드니
야트막한 산등성 청산리 대첩비
찬란한 햇살 받으며 반가이 반겨준다

85

항일독립전쟁 40년 역사
가장 위대한 전과를 올렸던
청산리 전투(青山里戰鬪)

북로군정서
총재 서일 총사령관 김좌진
대한북로독군부
홍범도 안무 최진동
북간도 독립군 연합부대
1920년 10월 21일부터 26일 새벽까지
화룡 청산리(青山里) 일대에서
북간도를 침범한 일본군을 섬멸했던 전투

북간도 독립군의 국내진격작전
원천적으로 봉쇄하고
만주침략의 발판을 마련하기 위해
막강한 전투력을 앞세우고
북간도를 침범한 일본군

아즈마 소장이 이끄는
일본군 5,000여 명의 끈질긴 공격
치밀한 전술로 격퇴하고
일본군 3,000여 명을 사살하거나 부상시키고
수많은 전리품을 획득했던
항일독립전쟁의 쾌거

청산리 깊은 계곡에는 작은 폭포 하나 있었다
직소폭포(直沼瀑布)

산줄기 타고 내려온 계곡
실 같은 물길로 흐르다
급전직하
노령(老嶺)의 분노로 쏟아져 내린다

청산리 함성
굽이굽이 산곡을 타고 내려가
선구자의 고향
일송정 해란강으로 흐른다

벼랑으로 떨어져 멍든 가슴들
머나먼 이국 땅에 뿌려진 피
해란강 물이랑 타고 흘러
산 너머 산 너머 두만강이 되었다

섬나라 오랑캐들에게 퍼붓는
응징의 총소리
한 놈도 살려 보내지 마라
분노의 외침들

남의 나라 침략한 죄
죄 없는 백성들 억압한 죄
더러운 발길로 금수강산 더럽힌 죄
섬나라 오랑캐를 향해
분노하는 총구들
비명소리에 젖는 산천초목

총소리 허공으로 날아간 뒤
찾아온 정적
낙엽지는 소리
백운평(白雲坪) 직소조차
숨죽인 고요

대한독립만세 소리
대한독립군 승리의 함성
북간도 가을을 울렸다

청산리 백운평 골짜기
오랜 세월 인적은 끊어지고
그 옛날 발자취
까맣게 잊혀간 숲속에
80년 세월 가뭇없이 흘렀다

한중 수교 10주년 2002년 가을
태극기 펄럭이며 달려온 사람들
왜적을 물리친 청산리 골짜기
야트막한 산 위에
청산리 대첩 기념비를 세웠다
눈부시게 빛나는 시월의 태양

창공 박차고 솟아오른
높이 17m 넓이 25m 화강암 기념비
청산리 하얗게 비추는 하얀 빛깔
부셨다

가파른 돌층계 돌난간 석등
백옥처럼 눈부신 기념비
호위하듯 서 있는 소나무들
짙푸른 솔향 가을바람에 나부끼고
이름 모를 들꽃 향기 그윽이 탑을 감싼다

멀고 먼 길을 돌아
이제야 이렇게 찾아왔습니다
조국에서 가져온 음식들
청산리 순국 영령들께 올립니다

청산리 영웅들이시여
배달민족 위대한 영령들이시여!
팔 천만 민족의 사랑으로
평안히 흠향하소서

솔향으로 향불 삼아
묵념을 올리고
막걸리 한 잔 따라 올린다

김좌진 장군이시여
북로군정서 장병들이시여
대한(大韓)으로 빛나는 무명용사들이시여

우리의 간절한 기도를 들으소서

순국선열들 흘리신 피
온전한 조국광복을 이루지 못하고
허리 잘린 강토 분단된 민족

아직도 선열들 원한을 풀지 못하고
아직도 친일반민족 행위자들 득세한 세상
아직도 눈물 속에 살고 있습니다

육천 년 배달민족 영령들이시어
순국선열들이시여
나라와 겨레 굽어 살피소서

백두산맥 노령 백운평 골짜기
청산리 대첩 기념비
이름 모를 꽃들
남녘에서 불어오는 바람
옷깃을 흔들다가 하늘로 오른다

청산리 골짜기에 가을이 오면
머나먼 고국 땅
서글피 두고 온 산천
하얀 옷 곱게 입고
맑은 눈물로 찾아올 사람들

북간도 서간도 청산리 고마령
죽(竹)의 장막 메마른 광야
눈물 젖은 하얀 무궁화
소리 없이 피고 지는 사연
남쪽하늘 사람들은 알고 있을까

만리 타국 만주벌판에서
순국선열들의 이름을 목놓아 부르는 것은
그 이름만을 영광되게 하려 함이 아니다

순국선열들께서 사랑한 조국
대한의 아들딸들
다시는 치욕의 굴종
국치의 역사 되풀이되지 않기를

강대국 탐욕 이데올로기 사치(奢侈)
어리석은 횡포
남북분단 단호히 극복하고
조국통일 민족번영
인류의 광명으로 빛나길 비는 마음

청산리에서 하얼빈에서 봉오동에서
압록강 두만강 백두산에서
항일독립전쟁 용사들 이름을 부르는 것이다

86

고구려 발해 숨결
고래힘줄처럼 살아 숨쉬는 목단강
왕청현 천교령 험준한 고개 넘어
뾰족산 항일유적지 찾아가니
소황구(小荒溝) 밀영 눈물로 반긴다

동북항일연군 연락임무 수행하다
잔혹한 일본군에게 무참히 살해된

꾀꼬리 소녀
못다 핀 한송이 무궁화
열네 살 어린 소녀 김금녀 기념비
서글픈 이념의 짙은 그늘
소왕청 외론 숲속에 서 있다

하늘 찌를 듯 솟은 고개들 넘어
훈춘 나자구(羅子溝) 찾아가니
민족주의 함양 기치를 들고
독립군 함성 울리던
북간도 깊은 산골 북일학교
간도민회 동제회 항일결사대 동림무관학교
한민회 철혈광복단 대한독군부

헤아릴 수 없는 항일투사들 숨결
대황구(大荒溝) 깊은 동굴에 새겨진
태극기 문향 가슴을 적신다

목단강 영안 발해성
동경성(東京城) 찾아가는 길
목이버섯 재배지 얼룩소처럼 펼쳐지고

한국독립군 총사령관 지청천 장군
거룩한 독립군 용사들
일본군 통쾌하게 쳐부수던
대전자령(大甸子嶺)

험한 고개 넘고 넘어
끝도 없이 펼쳐지는 옥수수밭길 따라
목단강 영고탑으로 달려가면

대조영(大祚榮) 상경용천부(上京龍天府)
한민족 발해 역사 증언하네

목단강 경박호수 광활한 흑룡강 평야
발해농장 삼일학원
안희제(安熙濟) 윤세복(尹世復) 열사
대종교 순국10현(殉國十賢)
역사를 잊은 북간도 액하감옥 눈물겨운 터
황량한 바람만 불고 있다

흑룡강 가목사(佳木斯) 러시아 연해주
가슴 탁트인 광활한 광야
발해인 옹골찬 기상
대한독립군 함성
옥수수밭 고랑마다 숨쉬고 있다

강원도 철원 노동당사 앞에서
발해를 꿈꾸던 노래
서태지와 아이들의 고운 꿈
한민족 교향곡 되어
가슴마다 고이 내려앉는다

87

붉은 노을이 질 때
하루가 간다는 걸 안다

오늘도 이름 없이 차창을 스쳐가는
이국풍경들

마음을 빼앗겨 버린 나의 하루
부르고 싶은 이름들 잊고 산 것은 아닐까

지금은 남의 땅
이역만리 타국에서 잊혀 간 겨레 이름들
가슴에 새기려 달려왔건만

순국선열들 발자취 찾아가는 길
낯설고 고독한 길 위에
숙명처럼 뿌려진 또 하나의 하루

바쁜 걸음으로 초대한 밤이 오면
유성비처럼 쏟아지는 별들
외로운 나그네 가슴에 내리면
다시 찾아올 내일을 그린다

내일은 우리들의 내일만은
오늘 같은 슬픈 날이 아니기를
간절하게 빌고 비는 마음들

서산마루에 걸린 해
허우적이다 쓸쓸히 무너지고
어둠에 잠긴 동산 붉게 물들어오면
다시 하루가 오고 있다는 걸
바람처럼 속삭이는 햇살

백두산으로 향한 마음 소리치듯 달려온
연길 부르하통하 강변
8월의 하루
또 하나의 하루

서녘하늘 붉게 물들이는 노을처럼
내 마음은 언제나 붉어야 하리

흑룡강 하얼빈 가목사(佳木斯)
낯설고 고독한 길
바람처럼 돌고 돌아서
반가운 한글 간판 즐비하게 늘어선
연길 시외버스터미널
천근 같은 배낭 내려놓고

사막에 남긴 발자국처럼
허망하게 사라지고 잊혀간 독립투사들
남의 나라 남의 땅
낯선 사람들
할퀴고 부수고 묻어버려
흔적도 없이 사라진 항일유적들

더 나은 내일만을 향해
브레이크 없는 차를 타고
미친듯이 앞만 보고 달려가는 사람들
그대는 알고 있는가
역사를 잊은 민족에게 미래는 없다
엄중한 경고를

그대들이 잊고 사는 고귀한 사람들
감자 한 알로 허기를 채우고
피눈물 쏟아가며
그대들에게 선물한 오늘
정녕 안녕들하신가

낡고 녹슬어버린 사대주의
식민지 패배주의 역사
이제는 송충이 털듯 털어버리고
민족 뿌리 찾아가는
올곧은 길
대한국인 민족정신 찾아가는 길
손에 손잡고 가야 하지 않겠는가

88

무심한 얼굴 낯선 이국인들
비좁은 자리 꼼짝없이 끼어앉아
말마차처럼 덜컹거리는 낡은 버스를 타고
소낙땀 연신 닦아가며
화룡 무송 백산을 거쳐
악몽 같은 아홉 시간 녹인 뒤
통화시(通化市) 버스터미널에 도착했다

비류수 넘나드는 강변 낡은 호텔
고장난 샤워기 달래가며
지친 몸 닦아내고
돼지비계들 놀고 간 침대에
녹초 같은 몸을 누인다

고양이처럼 소리없이 다가와
지친 얼굴 때리는 아침햇살
화들짝 놀라 일어나
아침도 굶은 채
천근 같은 배낭을 메고

비류수 강변 강전자(江甸子)로 달린다

항일독립전쟁 총본부 국민부(國民府)
조선혁명군 속성사관학교
독립군들의 함성소리
왕청문 강산(岡山)을 울리던 곳
흔적도 없이 사라진 터
옹기종기 들어앉은 붉은 기와집들

허망한 발걸음 다시 소리치는 낙담
솟구치는 분노 삭히며
고구려 동명성왕 말 달리던
비류수 혼강(渾江)
거대한 물줄기 휘돌아드는 들녘
그 옛날 이야기 들으며
가슴 무거운 버스를 타고 신빈현으로 향한다

요녕성 신빈현(新賓縣) 방향으로
비포장 백릿길 달려가면
조선혁명군 총사령부 유적지
왕청문(旺淸門)이 나온다

낯선 땅 이국의 서러운 하늘 아래
허위단심 살아가는
한인(韓人)들은 서울이라 불렀다

만주 독립군 부대 통합을 이뤘던
대한통의부(大韓統義府)
정의부, 신민부, 참의부로 갈라졌을 때
민족유일당 애국지사들

눈물겨운 노력으로 조직한 국민부(國民府)

조선혁명군 총사령관
벽해(碧海) 양세봉(梁世鳳) 장군
왕청문, 신빈현, 통화현
서간도 일대에서
일본 관동군과 싸우며
나라잃은 슬픔 가난한 설움
30만 한인들 수호신처럼 보호했다

조선혁명군 피끓는 용사들
압록강 건너 국내로 진격하여
대한민족 응징의 깃발
왜놈들 심장에 꽂았다

89

1931년 만주를 점령한 일본군
괴뢰정부 만주국을 세우고
항일독립군들 무력화시키기 위해
일본관동군 대부대 동원하였다

삼광정책(三光政策)
모조리 죽이고
모조리 빼앗고
모조리 불사르라
독립군 토벌작전 벌이며
국민부 조선혁명군을 집요하게 공격하였다

조선혁명군 총사령관 양세봉
중국의용군 총사령관 이춘윤(李春潤)
한중연합군을 편성하여
일본군이 점령하고 있던
신빈현 영릉가(永陵街)를 점령하고
무순시 상협하(上夾河)까지 탈환하였다

영릉가 전투에서 대승을 거둔 조선혁명군 사령관
양세봉 장군은 5개로군(五個路軍) 사령부
3만여 명으로 확대개편하고
일본관동군 대대적인 공격에 대비하며
조선혁명군 속성군관학교를 설립하여
독립군 간부를 양성하고 군대를 훈련시켰다

북만주 목단강 경박호 일대에서
일본군과 전투를 벌이던 한국독립군 총사령관
지청천(池靑天) 장군
중국호로군 사령관 주보중(周保中)
한중연합작전을 전개하기로 합의하고
목단강 영안 영고탑(寧古塔)에서
한중연합군을 편성하였다

1932년 한중연합군은 흑룡강성 쌍성보(雙城堡)
사도하자(四道河子) 동경성(東京城)에서 전개된
일본군과 전투에서 대승을 거뒀다
발해 상경 용천부 유서깊은 고장에서
일본관동군을 격퇴시킨 항일독립전쟁의 쾌거였다

1933년 6월 28일 한중연합군은
새로운 근거지를 찾아

길림성 왕청현 방향으로 진군하고 있었다

이 때 대전자(大甸子) 부근에 주둔하고 있던
일본군은 한중연합군을 공격하기 위해
대전자령(大甸子嶺)을 유유히 넘어오고 있었다.

일본군 병력이 산중턱에 이르렀을 무렵,
연합군은 일제히 사격을 퍼부었다.
한국독립군 기습을 받은 일본군은
추풍낙엽 같이 쓰러졌다
네 시간의 격렬한 전투 끝에
한중연합군은 항일독립전쟁사 길이 빛나는
대전자령 전투에서 대승을 거두었다

북간도 한국독립군 대전자령 승전보가 전해진
조선혁명군사령부에서는
1933년 2월
요녕구국회 대표 왕육문 탕취오
조선혁명군 대표 김학규(金學奎)
한중연합 요녕민중자위군 총사령부를 결성하였다

한중연합군은 신빈현 전투 통화 전투
왕청문 북강 전투에서
전투기 대포 박격포로 중무장한
일본군을 대파하였고,
조선혁명군 특무대는 일본보민회 친일협화회
친일단체를 공격하여 해산시키고
왕청문 일대 한인보호에 앞장섰다

1934년 서간도 일대 동북항일연군(東北抗日聯軍)

총사령관 양정우(楊靖宇)
경기도 용인출신의 독립사단장 이홍광
조선혁명군 양세봉이 연합하여
환인현 통화현 일대 일본관동군
만주괴뢰국 군대가 점령한 신빈현을 공격하여
재탈환하는 전과를 올렸다

한국 양세봉과 중국 당취오
조선혁명군과 동북항일연군
한국독립군 지청전과 중국공산당 주보중
민족과 사상을 초월한
시대의 영웅들 위대한 연합작전
1930년대 항일투쟁의 금자탑을 쌓았다

한중 항일투쟁사 빛나는 이름
동북항일연군 사령관 이홍광(李紅光)
경기도 모현(현재 용인시 포곡읍)
가난한 농가에서 태어나
일제의 억압과 수탈에서 벗어나기 위하여
가족과 함께 만주로 갔다

길림성 이통현 유사저자둔
낡고 비좁은 중국인 셋집
자갈논밭 소작농
흡혈귀 같은 지주들의 횡포
장작림 군벌정권의 봉건적 수탈

낯선 이국땅 만주
땀흘려 일해도 가난하기만 한
한인들의 서글픈 삶

만주를 점령한 일본군 탄압
중국인 지주들의 가혹한 착취
청년 이홍광은 분노했다

한인(韓人)들에게 가해지는 압박
살인적 수탈에 저항하는
농민동맹 활동 악덕 지주 척결
소작농 권익보호운동 나섰다

요녕성 반석현 일대 농민투쟁에
적극 참여하던 이홍광은
1929년 조선인 공산당에 입당하고
길림성 반석현(磐石縣) 이통현(伊通縣)
영성자(營城子)에서 전개된
농민들의 추수투쟁에 참가하여
장학량(張學良) 군벌 지주계급
일본괴뢰정권 탄압에 대항하여 싸웠다

이홍광은 1930년 반석현(磐石縣)에서
노동적위대(일명 개잡이대 打狗隊)를
한인청년들과 결성하여
반봉건투쟁, 지주수탈 반대운동
일본앞잡이 척결에 나섰다

동북인민혁명군 총사령 양정우,
총참모장 이홍광
중국공산당 항일전사들
양림(본명 김훈 : 청산리 전투 참전) 전광
이동광 이민화 허형식
한인 혁명가들

서간도 일대 항일투쟁을 전개하여
한중 국민들 가슴을 후련하게 했다

이홍광은 동북항일연군 독립사단
조선인 대원을 이끌고
압록강을 건너
평안북도 후창군 동흥읍을 공격하였다

일본경찰 주재소를 불태우고
왜경들 모조리 사살하고
친일밀정을 처단하고 돌아왔다

압록강 국경지대 금성철벽으로 불리던 동흥성
이홍광 부대에 의해 무참하게 무너졌다
그 여세를 몰아
이백여 명 기마부대를 이끌고 하성읍을 공격했다

유하현 타요령(駝腰嶺) 일본군 열차대 습격
봉천성 통화현(通化縣) 일본 수송차량 탈취작전
일본군 보급기지 삼원보 공격
수많은 전투에서 일본군을 사살하고
부대로 돌아가던 중
일본군 대부대 공격을 받은
이홍광 장군
격렬한 전투를 벌이다 치명적 총상을 입고
환인현 해청화락에서 숨을 거두었다
이홍광의 나이 25세였다

아주 낯선 이름의 혁명가
항일투사 이홍광

민족주의 항일역사만을 기록하여 온
고루하고 편협한 사관(史官)들
이홍광의 항일투쟁은 철저히 외면당했다

언제나 올바른 역사기술 시대가 열릴까
거울처럼 맑고 저울처럼 공정한
민족사관 정립되어
한민족의 항일독립전쟁사
사상을 초월한 역사
언제나 올곧게 기록될 수 있을 것인가

동북항일연군 이홍광, 이동광, 양림,
허형식, 박영, 한진, 이민화 열사
수많은 항일무명용사 영령들 영전에
고요히 고개 숙인다

조선혁명군 총사령관 양세봉 장군
독립군과 한인동포들로부터
군신(軍神)이라 추앙받는
위대한 지휘관이며 독립군사령이었다

그러나 어찌 상상이나 할 수 있었으랴
일본관동군 친일밀정 박창해
중국인 압동양
군용물자 지원 기만전술

조선혁명군 장병들
처절하고 열악한 상황을 타개하기 위해
군수물자를 구하러 나섰던
양세봉 장군

남만주 환인현 소황구(小荒溝)에서
일본군 밀정들 총격으로
흉부 관통상을 입었다

왕청문 향수하자(響水河子) 김도선의 집에서
응급치료를 받았으나 끝내 소생하지 못하고
1934년 9월 19일 새벽
왕청문 한인들
조선혁명군 장병들 애도속에 숨을 거뒀다

90

1940년 9월 17일
항일독립전쟁 역사 또 하나의 쾌거
중국 중경(重慶)에서 한국광복군이 창설되었다
총사령관 지청천(池靑天)
참모장 이범석(李範奭)이 취임했으며
광복군 3개 지대로 편성되었다
만주에 이어 중경, 서안 일대에서
항일독립전쟁이 다시 시작된 것이다

1941년 12월 8일
일본군 진주만 공습으로 시작된
태평양전쟁
대한민국 임시정부 광복군은
다음날 곧바로
대일선전(對日宣戰) 포고 발표했다

광복군 통솔지휘권 가진 임시정부

제1지대 인도버마 전선으로 파견하고
제2지대 미국 웨드마이어 사령부 특수훈련을 받고
국내 진격작전에 투입하기로 하였다

특수공작훈련을 마친 광복군
국내진격을 위한 한미군사협정을 체결하고
미국 최신 무기를 지원받아
중국 산동반도에서 잠수함을 타고
국내로 침투한 뒤
조선총독부, 일본군 주요기관 파괴
군사시설 점령하는 작전을 세웠다

1945년 7월 26일
독일 하펠강변 작은 도시 포츠담
미중영소 4개국 지도자들
일본 항복을 촉구하는
공동선언문을 채택하였다

열흘 후 미국 정부
가공할 위력을 가진 원자폭탄
8월 6일 히로시마(廣島)에 한 발
8월 9일 나가사키(長崎)에
한 발을 또 투하했다

리틀보이라 불리우는
원자폭탄 두 발에
두 도시는 순식간에 폐허로 변했다

1945년 8월 8일
약삭빠른 소련 선전 포고를 하고

시베리아 군단 탱크
만주로 물밀듯이 진격해 들어갔다

운명의 8월 9일 밤
일본수도 도쿄 지하방공호 안
왜왕을 비롯한 일본 수괴들 회의가 열렸다
침울하고 겁에 질린 얼굴들
진주만 습격으로 기고만장하던
모습들은 찾아볼 수 없었다

일본 패망의 검은 그림자
교활한 일본인들 심장을 겨누고 있었다
왜왕이 회의실로 들어왔다
겁에 질린 얼굴
떨리는 입술
스즈키 수상을 비롯한 각료들
일본군 고위장성들
석상처럼 굳어진 얼굴들

새파랗게 질린 스즈키
연합국이 통보한 포츠담 선언문을
토고외상에게 낭독하도록 지시했다

8월 10일 금요일 새벽 2시
일본제국주의 침략의 원흉
왜왕 히로히토(裕仁)
침울한 얼굴로 입을 열었다

일본국민은 더 이상 전쟁을 수행할 수 없는
상황에 이르렀으니

연합군 포츠담 선언을 재가하오

항일독립전쟁 40년 동안
꿈에도 그리던
히로히토 항복선언이었다

91

수많은 사람들에게 지울 수 없는
고통과 슬픔을 안겨주었던
왜왕 히로히토
금방이라도 쓰러질 것 같은 몰골로
자리에서 일어나
비틀거리는 걸음으로 방공호를 나갔다
남의 나라를 침탈한 원흉에게
천벌이 내려진 순간이었다

히로히토 항복소식
전혀 모르고 있던 광복군
국내 진격작전 훈련을 마치고
서울로 침투할 작전명령만 기다리고 있었다

1945년 8월 10일 오후
출동명령을 기다리던 광복군에게
청천벽력 같은 소식이 전해졌다

포츠담선언을 무조건 받아들인 일본
중립국(中立國)을 통하여
연합국(聯合國)에 통고해 왔다는 것이다

몇 달 동안 피땀 흘린 훈련
물거품이 되는 순간이었다
그러나 참전의 기회
완전히 사라진 것은 아니었다

마이어 사령부 미군들과 함께
포츠담 선언 받아들인 일본군 항복을 받기 위해
제2지대장 이범석(李範奭) 특수부대원 장준하
김준엽, 노능서 이계현 이해평
중국 서안(西安)을 출발한 군용기에 탑승하고
서울로 향하고 있었다

하늘은 스스로 돕는 자를 돕지 않았다
서해 상공에서 미군용기
갑자기 기수를 돌려 되돌아가기 시작했다

꿈에도 그리던 조국 땅
일제의 항복을 받지 못하고
다시 돌아가야 하는
광복군의 안타까운 마음들
어찌 다 말로 표현할 수 있으랴

다시 돌아가는 비행기 안에서
대한국인 광복군들은
힘없는 약소민족 설움으로
얼마나 통한의 눈물을 흘렸던가

광복군을 태운 무심한 비행기는
중국 서안(西安)으로 돌아가기 위해

서해바다 위를 날고 있었다.

대한민족 희노애락을 품고
육천 년 세월 흘러온 서해바다
짓푸른 가슴 드러낸 채
소리죽여 흐느끼고 있었다

히로히토 항복선언을 듣고
태극기를 들고 거리로 나선 사람들
기쁨과 환희의 물결
눈물로 부둥켜 안은 사람들

항일독립전쟁 40년
단 하루도 조국광복을 잊은 적이 없었다
일제 압박과 설움에서
해방된 조국
한민족 광복의 아침은 그렇게 밝았다

흙 다시 만져보자 바닷물도 춤을 춘다
기어이 보시려던 어른님 벗님 어찌하리
이 날이 사십 년 뜨거운 피 엉긴 자취니
길이 길이 지키세 길이 길이 지키세

제 7 부
백두산 가는 길

92

백두산(白頭山)
그 이름만으로도 가슴이 설렌다
백두산으로 향하는 날은
언제나 첫사랑을 만나던 날처럼
고동치는 심장 소리를 듣는다

한민족의 시원(始原)이 천상벽화처럼 새겨진
성스러운 땅 백두산
민족정기(民族精氣)가 살아 숨쉬고 있는
민족영산으로 향하는
나의 발걸음은 가볍고 가슴은 벅차오른다

2013년 8월 그 무덥던 여름
아직 어둠에 묻혀있는 연길(延吉)시내를 벗어나
백두산을 향한 시각은 새벽 4시였다

들뜬 얼굴 금새 터져버릴 듯한 눈웃음
차창으로 비친 나의 모습 위로
백두산에서 대면했던 장엄한 풍경들이 오버랩 되어
검은 유리창 가득 펼쳐진다.

천지를 둘러싼 고봉준령들이
정담을 나누듯 둘러앉은 백두산 열여섯 봉우리들.
눈부시게 짙푸른 남빛 천지(天池)
물안개 사이로 살포시 내려앉는 구름들

백두의 정령들이 함께 나와 노닐던,
병풍처럼 둘러선 봉우리

하염없이 앉아 바라보던 기억들,
잊을 수 없었던 그 정경들이 다시 펼쳐지고 있었다.

어젯밤, 그리운 백두산 그리느라
밤잠을 설친 탓에 몸은 무겁고 찌뿌듯했지만
백두산 천지를 향하는 마음은
새털처럼 가벼웠다.

나는 차창으로 스쳐가는 연길 새벽풍경을 바라본다
밤새 찬란하게 번쩍거리던
네온사인들도 곯아떨어졌는지,
어둠이 내려앉은 거리엔 차량들도 보이지 않고
인적도 끊어져 있다.
도심을 벗어난 버스는 서쪽으로 방향을 틀더니
용정시(龍井市)를 향해 가는 넓은 도로로 들어선다

고요한 안개 아스팔트에 내려앉았다가
전조등 불빛에 깨어난 듯 아지랑이처럼 피어오른다
거친 숨을 몰아쉬며 고갯길을 오르던 버스는
모아산(帽兒山) 자락에 이르자
천천히 속도를 높인다.

10년 전 여름이었다.
오늘처럼 두근거리는 가슴을 안고
일곱 시간을 달려가
서파산문(西坡山門)을 통해
백두산 천지를 향해 올라갔다

서파에서 버스를 타고 천지를 향해 오르면서
쾌청한 하늘을 바라보며 얼마나 감사했던가

천지를 향해 가파른 계단을 오르는 동안
초록비단처럼 펼쳐진 초원
들꽃 한 송이에 참한 눈길 던져주고
천지에서 흘러내리는 실개천에 감탄을 연발하고
눈을 들어 산등성을 바라보니
초록비단벌 들꽃 천지였다

팍팍한 다리를 달래고 가쁜 숨을 몰아쉬며
2500고지를 넘어서는데
백운봉 등성이를 타고 안개가 몰려오고
조금 더 올라가니 안개비가 내렸다

그러나 천지를 향한 그리움
이대로 접을 수는 없었다
날씨가 변화무쌍하기로 이미 소문난 천지였기에
천지에 도착하면 하얀 장막이 걷히듯
안개가 사라지고
짙푸른 빛깔 천지가 나를 반겨주리라

안개비가 점점 거세게 내리더니
이내 거센 바람에 실려
나의 온몸을 흠뻑 적시려는 듯 달려든다
빗줄기가 얼굴을 때린다
그러나 천지를 향한 발걸음을 멈출 수는 없었다

허위단심 달려 올라간 천지는
그야말로 안개천지였다
금방이라도 잡아먹을 듯
거세게 달려드는 바람에 간신히 몸을 지탱하며
안개가 걷히길 기다렸다

세차게 불어오는 백두바람 맞으며
백두정령님에게 간절한 마음으로 기원했건만
천지커녕 산봉우리 하나도 열리지 않았다

백번 올라 두 번 볼 수 있는 곳
백두산 천지라는 말
실감나게 가슴을 파고든다.

수만리 길을 돌고 돌아
설레는 가슴으로 오른 백두산
무심한 안개비만 바라보다가
끝내 주르르 흘러내리는 눈물
몇 번이나 돌아보면서
안타까운 발걸음을 돌려야 했다
첫 번째 백두산 등반은 그렇게 끝났다

백두산을 내려오며 생각했다
두 번째 백두산 등반은 낯선 중국땅이 아니라
묘향산 개마고원 삼지연으로
백두산을 오를 수 있다면 얼마나 좋을 것인가

아름다운 묘향산 줄기 고색창연한 보현사
야생화 천국 개마고원 지나
백두산 장군봉으로 오르는 길
동포들 손잡고 원시림 산길 걸으며
오순도순 주고받는 정담
얼마나 즐겁고 행복하겠는가

2000년 6월 15일
남북정상회담이 열린 날부터

백두산 길 활짝 열리리라 기대했었다
2007년 정상회담 더 간절히 기원했다
그러나 결코 그 길은 열리지 않았다

내가 여섯 번 백두산을 오르는
십여 년 동안
변한 것은 아무 것도 없었다

두 차례 남북정상회담은
정치인들에 의한,
정치인들만을 위한 만남이었다

그럴듯하게 나열되었던 이야기들
손을 맞잡고 상기된 얼굴로 읽어가던
수많은 합의사항들
먼지 쌓인 전설로 남겨놓은 채
남북정상회담 당사자들은 모두 고인이 되었다

김대중, 노무현 대통령
그리고 김정일 국방위원장
그들은 남북국민들 간절한 비원(悲願)
조국통일 끝내 외면한 채
그들만의 잔치를 끝내고 이승을 떠나버렸다

덧없는 몇 년 세월
속절없이 흘러갔을 때
나는 깨달았다

북녘하늘 아래 백두산 기슭에는
남녘하늘 아래 태어난 이유만으로

씻을 수 없는
분단 이데올로기
어느때부턴가
신이 되어 버린 젊은이
저승사자처럼 버티고 있었다

붉은 깃발 독재자 시퍼렇게 살아있는 동안
결코 밟아볼 수 없는 금단의 땅
저들만의 백두산
남쪽 분단인(分斷人)들에게
결코 용납되지 않는 산이 돼버린 것이다

93

열리지 않는 붉은문 앞에서
민족영산 가는 길 열어주기를
무작정 기다리고 있을 수는 없었다

남의 나라 남의 땅에서
한민족 주체성을 잃지 않고
언어와 문화 지키며 살아가는
조선족 동포들
오순도순 살아가는 황토 마을

항일투사들 피눈물 서려있는
북간도 험한 골짜기
낯선 나라 멀고 먼 길 돌아
백두산으로 달려가야만 했다

해란강, 부르하통하 사이에
우뚝 솟은 모아산(帽兒山)
모자같이 생겼다하여
모아산이라 하였던가

연변조선족자치주 동포들
휴식공원으로 사랑받고 있는
모아산 노래의 일부이다.

백두산을 향하는 버스
해발 517m 모아산 옆을 지날 무렵
서서히 먼동이 터오기 시작했다

비암산 일송정 용정시 휘감아
청룡처럼 흘러가는 해란강
새벽 안개 고요히 피어오르고
해란강 고이품은 세전벌 초록물결
햇살 머금은 차창으로 소리없이 다가선다

내리막길로 들어선 버스
서서히 속도를 높인다
녹색비단처럼 펼쳐진 세전벌 사이로
유유히 흘러가는 해란강 줄기
눈이 부시도록 하얗다

곧게 뻗은 내리막길 달려 내려가자
용정시내 한눈에 들어온다
선구자 고향 용정
새벽잠에서 깨어나고 있었다
고즈넉한 굴뚝마다 뿜어내는 아침연기

흰머리를 풀고 하늘로 흐른다
그 옛날 두만강 소리없이 건너와
북간도 황무지 개간하고
야트막한 언덕에 토담집을 짓고
땀으로 씨뿌려 가꾸던 사람들
그 후예들 지금 아침밥을 짓고 있다

너무나 궁핍하고 가난했기에
한 뼘의 땅이라도 갈아
굶주린 가족들 살려내려고
두만강(豆滿江) 건너야 했던 사람들

탐관오리들 잔혹한 수탈과 착취
척박한 자갈밭 농사 지어
이리 뜯기고 저리 빼앗기고

섬나라 왜놈들 가혹한 탄압
가렴주구 토지수탈 견딜 수 없어
괴나리 봇짐들 짊어지고
숨죽여 두만강을 건넜다

용정시 개산툰(開山屯) 선구(船口)
두만강 작은 모래섬 하나
사이섬 간도(間島)
아무도 관리하지 않던 무인도
누구나 마음 놓고 농사를 지었다

청나라 봉금지대(封禁地帶)
수백 년 버려진 땅
은밀하게 들어온 조선인들

청나라 관리들 감시를 피해가며
나무뿌리 뽑아내고 자갈들 걷어내어
비옥한 토지 세전벌을 만들었다

월강죄(越江罪)
두만강 건너다 잡힌 사람들
가혹한 형벌 엄중한 죄였다

월편에 나부끼는 갈대잎 가지는
애타는 나의 가슴을 불러야 보건만
이 몸이 건너면 월강죄래요

기러기 갈 때마다 일러야 보내며
꿈길에 그대와는 늘 같이 다녀도
이 몸이 건너면 월강죄래요

두만강 넘어온 조선 농민들
청나라 관리들 가혹한 처벌이 두려워
집으로 돌아가지 못하고
서로 만날 수도 없었던 남녀
가난한 죄로 생이별했던 부부들
애끓는 심정
월경가(越境歌)
은하수 바라보며 서로 그리워하는
견우직녀 애달픈 심정
이보다 더 간절했을까

94

용정 모퉁이를 돌아
일송정(一松亭) 비암산 아래
가파른 고갯길이 나타난다

고갯길 접어든 버스는
다시 가쁜 숨 거칠게 몰아쉬며
검은 연기 연신 토해내지만
속도는 늘지 않는다

오늘도 왠지 불안하다
중국에서 항일유적답사를 다니다보면
자동차 고장이 나서
하루 일정을 망치는 경우가 많았다

험산 준령 수없이 넘어야 하는데
병든 소처럼 소리만 질러대는 버스
백두산까지 무사히 갈 수 있을까

버스가 고개를 넘어서자
한민족 손길 피땀으로 일궜던 땅
평강벌이 눈앞에 펼쳐진다

곧게 뻗은 도로
버스는 제법 속도를 높인다
쏜살 같이 내빼는 차창으로
평강벌 들녘 물결처럼 들어앉는다

평강벌 두도구(頭道溝)

북간도에서 활동하는 항일투사들에게
가혹한 고문 들이대던
두도구 일본영사관

청산리 전투에서 대패한 일본군
아무 죄도 없는 한인들에게
악독한 만행을 저질렀던
경신대학살의 현장
무심한 버스는 분노의 땅을 뒤로 하고
조선족 민속촌 진달래 마을
화룡 이도구 버드나뭇길을 달려간다

오른쪽 작은 숲길 조금만 달려가면
청산리 전투 최대격전지였던
어랑촌(漁浪村) 만리구
북로군정서 대한독립군 함성 들려오고
높은 산마루 깊은 계곡에는
피어린 역사 눈물처럼 배어있다

95

버스는 화룡시내를 코앞에 두고
청파호 마을 외진 언덕빼기
대종교 삼종사 묘역 서슴없이 지나
오른쪽으로 머리를 돌린다

민족종교 대종교(大倧敎) 창시
홍암 나철(羅喆)
북로군정서 총재 서일(徐一)
애국지사 대종사 김교헌(金敎獻)
항일열사 세 분의 묘

항일독립운동가 대종교 창시자 나철은
임시정부 국무위원 박찬익(朴贊翊)에게
시 한 편을 남겼다

1945년 일본의 패망과 남북분단
공산주의와 자본주의 이데올로기의 대립
6.25전쟁을 예언한 시였다
나철이 순교한 1916년 이전에 쓴 한시로
미래에 대한 그의 통찰과 예언
놀라울 정도로 정확하게 적중했다

鳥鷄七七 日落東天 (조계칠칠 일락동천)
黑狼紅猿 分邦南北 (흑랑홍원 분방남북)
을유년(乙酉年) 8월 14일(음력 7월 7일)
일본이 패망하고
검은 늑대 소련과 붉은 원숭이 미국
우리나라를 남북으로 분단하도다

狼道猿敎 滅土破國 (낭도원교 멸토파국)
赤靑兩陽 焚蕩世界 (적청양양 분탕세계)
소련 공산주의와 미국 자본주의가
우리민족과 국가를 망치게 하고
적색 공산주의와 푸른 자본주의의 극한 대립이
세계를 분탕질할 것이나

天山白楊 旭日昇天 (천상백양 욱일승천)
食飮赤靑 弘益理化 (식음적청 홍익이화)
백두산 밝은 정신 하늘 높이 솟구쳐 올라
공산과 자본주의 대립을 종식시키고
홍익인간 재세이화를 이룩하리라

일본 히로히토가 항복을 선언한 날
8월 15일이었으나
일본정부는 며칠 전
이미 연합국에 항복을 통보하였던 것이다
남북분단과 6·25전쟁
미국과 소련의 극단적 냉전시대를 예언하였고
하늘이 내린 민족으로서
백두산의 정기를 받은 우리 민족
이데올로기 대립의 시대를 종식시키고
세계인류를 위한 홍익인간 재세이화의 세상을
만들어 갈 것이라는
밝고 희망찬 미래예언을 담고 있다

버스는 속도를 늦추며
급경사 고갯길로 접어든다
병든 소처럼 거품을 물고
고개를 오른 버스

정상에 거의 이를 무렵
화룡시(和龍市) 전경 한눈에 들어온다

발해 중경(中京) 현덕부
서고성(西古城)이 자리잡았던
화룡평야 펼쳐지고
고개 너머 첫 동네
항일투쟁의 현장
갑산촌(甲山村)이 나온다

청산리 백운평 전투에서 대승을 거둔
북로군정서 김좌진 부대
일본군 추격대를 따돌리고 노령을 넘어와
전열을 재정비하던 갑산촌

북로군정서 장병들 전투의 피로를 풀고
삶은 감자로 배고픔을 달래고 있을 때
바로 옆동네 천수평에
일본군이 주둔하고 있다는 첩보를 입수하고
곧바로 달려가 일본군을 격퇴시킨
천수평(泉水坪) 전투

갑산촌 뒤 우뚝 솟아있는 산줄기
감격스러운 마음으로 바라본다
총탄이 빗발치는 백운평에서
일본군들 물리치고
허기진 배를 안고
부상자들을 부축하며
1500고지 험준한 능선을 넘어왔을
독립군 병사들을 생각한다

그분들의 고난과 역경
강인한 정신력에 새겨진 조국과 민족에 대한 사랑
가슴이 뭉클하다
콧등이 시큰거려 온다
울컥 치솟는 눈물 삼키려 하늘을 본다

서산으로 넘어가는 해
길게 드리운 검은 그림자
갑산촌에서 지친 몸을 누인다
그리운 고국산천 달려와 옆에 눕는다

멀리서 들려오는 왜놈들 호각소리
살모사처럼 흙벽을 타고
가을밤 성근별들 황토벌로 쏟아져내린다

청산리 전투의 역사를 아는 듯 모르는 듯
백두산으로 향하는 버스는
구렁이처럼 똬리 튼 노령 고개길
해발 1500미터 산봉들이 병풍처럼 막아선다

끊어질 듯 끊어질 듯 이어지는
산길 오르막 비틀거리는 버스
밀림 사이로 난 길
숨 가쁘게 고갯마루 오르자
거친 숨 토해내며 멈춰선다

한 여름 작열하는 태양이 눈부시다
버스기사도 지쳤는지
흐르는 시냇물에 얼굴을 닦는다
모두들 담배 한 대 물고 휴식에 들어간다

청산리 6일전쟁 마지막 전투
고동하 유적지를 답사하기 위해
지난 해 두 차례 찾았던 곳이라
낯설지 않아 좋다

연길동포들과 선봉 전망대에 올라
백두산을 바라보던 기억
새삼 가슴이 뭉클해온다

중국동포
조선족이라 불리는 우리의 동포
그들이 없었다면
이땅은 어떤 모습으로 변해 있을까

연변조선족자치주 도시마다
즐비하게 늘어선 한글 간판들
설날 한가위 한복입는 사람들
흥겹고 고운 춤사위
가야금 거문고 퉁소소리

거대한 중화(中華)의 바다
섬처럼 살아가면서도
우리말을 간직하고 우리문화를 지키며
민족의 기개 꺾지 않았던
고요한 아침의 나라 대한(大韓) 동포여

백두산마루에 둥실 해뜨니 푸르른 임해는
녹파만경 자랑하면 설레이누나
아리 아리랑 스리 쓰리랑

칠색단을 곱게 펼친 천지의 폭포수는
이 나라 강산을 아름답게 단장하네
아리 아리랑 스리 쓰리랑

백두산 밀림엔 보물도 많아
탐스러운 인삼꽃 노을처럼 붉게붉게 타누나
아리 아리랑 스리 스리랑
아리아리 스리스리 아라리가 났네

조선족 동포들 흥겹게 부르는 노래
어깨춤이 저절로 나는
백두산 아리랑

한민족의 노래 아리랑을 부르는 동포들
이땅에 살고 있다는 것만으로
얼마나 가슴 벅차고 행복한 일인가

96

노령 정상 숲길로 들어가면
고동하(古洞河) 암하폭포를 만난다
땅속으로 물길이 흐르다
다시 땅위로 솟는 암하(暗河)

나는 이곳에 올 때마다
험산준령 고봉들을 넘어
안도현 황구령으로 이동하던
김좌진의 북로군정서
홍범도의 대한독립군 병사들을 생각했다

청산리 전투 승리의 기쁨도 잠시
눈이 뒤집혀 달려드는 왜놈들 추격을 피해
백두산으로 향하는 길에
이 험준한 산맥을 넘었을 것이리라

항일독립전쟁의 영웅들
무명용사들 영전에
고요히 옷깃을 여미고 명복을 빈다

버스는 안도현으로 접어들면서
가까워진 백두산 바람타고
몹시 굽은 내리막길 신나게 달려간다

서간도 항일투쟁 선봉에 섰던
서로군정서
북간도 북로군정서 대한독립군
대한국민회군 신민단 주둔했던
백두산 줄기 안도현
안도현 산악지대는
독립군만 주둔했던 것은 아니다
중국공산당 동북항일연군 항일유격대

그리고 조국과 민족을 배반한
일본군 앞잡이들
독립군과 동포들 가슴에 총부리를 겨눴던
인간쓰레기들 집단
조선인간도특설대가 창설되어
악명을 떨치던 곳이기도 하다

1938년 9월 15일

길림성 안도현 명월구(明月溝)
조선인특설부대가 창설되었다

조선총독부와 만주괴뢰국,
일본 관동군은 전국 각지에서
조선인 지원자를 모집하여
제1기 입대식을 거행했다

교활하고 잔혹한 일본관동군이 지휘하는
간도특설대(墾島特設隊)
만주지역 항일투쟁세력을 말살할 목적으로
일본군사령부에서 특별조직한 부대로서
일본천왕의 충성스러운 사냥개 집단이었다

한국인들이 조직한 독립군 단체
섬멸작전을 전개하기 위해
한국인들을 이용했던
일본군 음모 교활하고 섬뜩하다
시대의 자랑, 만주의 번영을 위한
징병제의 선구자 조선의 건아들아!

선구자의 사명을 안고
우리는 나섰다 나도 나섰다
건군은 짧아도
전투에서 용맹을 떨쳐
대화혼(大和魂)은 우리를 고무한다

천황의 뜻을 받든 특설부대
천황은 특설부대를 사랑한다
간도특설대 노래다

왜왕의 개가 되기를 자처했던 그들은
철저한 대화혼,
일본정신으로 무장한 군인이었다

그들의 조국은 일본이었으며,
일본인으로 살아가길 열렬하게 바라는
친일반민족 쓰레기들 집단이었다

간도특설대는 정규적인 전투를 벌이지 않고
은밀한 게릴라전 펼치며
한인사회에 밀정들 심어놓고
한인사회의 갈등을 부추겼고
중국인과 한국인의 민족적 갈등을 조장하는
교활한 짓도 서슴지 않았다

미친개처럼 만주벌판을 돌아다니며
독립군과 가족들을 괴롭혔고
피를 나눈 동포들에게 총칼을 들이댔다
간도특설대 출신들은
일본이 패망했을 때
하늘이 무너지는 절망에 빠졌다

그들은 자신의 신분을 속이고
만주지방에서 이리저리 도망을 다니다가
친일반민족행위자들 구세주
이승만 정부 비호를 받으며 군대로 숨어들었다

일본군 개노릇을 하며 교활하게 사는 법을
이미 배웠던 자들이기에
재빨리 반공투사 변신하여

이승만이 내세운 친미반공 전선에 앞장섰다

친일반민족 반역행위를 숨긴 채
동포들 사이에 벌어진 반공전쟁
제주 4·3 사건, 여순반란 진압에 투입되었고
지리산, 거창 빨치산 토벌
국민보도연맹 관련자 색출과 사살작전에 투입되어
전공을 세운 그들
친일민족반역자들의 놀라운 변신이었다
훗날 모두 어깨에 별을 달았다

97

안도현 송강진(松江鎭)을 지난 버스는
백두산을 향해 달렸다.
드넓은 송강평야가
눈앞에 펼쳐지고 있었다

가도 가도 끝이 없는 옥수수밭
초록 물결 일렁이며
뜨거운 태양 아래 흰수염을 늘어뜨린 채
계란 속처럼 익어가고 있었다

항일독립전쟁의 역사를
피눈물로 써내려가시던 임들
뒤쫓는 왜놈들 총칼 번뜩이는 준령을 넘고
마적들 진을 치고 기다리는
험한 골짜기를 돌아서
감자 한 알 입에 넣고

고난의 고개를 넘으셨지요

고요한 마을앞 지나 갈 때
태극기 들고 맞아주는 동포들
정성으로 건네준 식량 겨울옷 받아들고
임들은 눈물의 들판을 걸어가셨지요

백양나무 가로수 우거진 길
버스는 쉬지 않고 달린다
백두산 아래 첫동네 이도백하(二道白河)
내두하를 단숨에 건넌다
내두하(奶頭河)
청산리를 향해 가던 서로군정서
홍범도 부대 김동삼 부대 밀영지

차창으로 스쳐가는
내두산 줄기를 바라본다
수 천 명 독립군이 주둔하기에
너무나 척박한 땅
내두산 자락에서 흘러온 내두하는
이도백하에 합류한다

잠시 이도백하에서 정차한 버스는
다시 백두산으로 향한다
미인송이라 불리는 소나무 우거진 숲
하얀 살결 드러낸 자작나무 수림

98

연길을 떠난 지 5시간
백두산 북파 매표소 입구에 도착했다
많은 사람들이 매표소 앞에서
길게 줄을 서고 있었다

등산복을 곱게 차려 입은 사람들
한국에서 온 등산객들이었다.
백두산 산문 기념사진 남기는 사람들
밝고 신나는 얼굴들
북파산문에서 버스를 타고 이동하여
길게 늘어선 줄을 따라
1시간 이상을 기다린 뒤에야
지프차에 오를 수 있었다

천지로 오르는 지프차
가파르고 꼬불꼬불한 산길을
마치 평지처럼 속도를 내고 달린다

급커브길에서도 속도를 줄이지 않고
난폭하게 핸들을 꺾는다
아무리 굳게 손잡이를 잡고 있어도
중심을 거의 잡을 수 없다

여자들 비명을 질러댄다
기사는 신이 나는 듯
더욱 거칠게 차를 몰았다

이천 미터 고지대로 접어들었다

수목한계선 지역이다
나무가 한 그루 보이지 않는
가파른 경사지대였지만
지프차는 더욱 속도를 높이고
노면이 패이고 갈라진 도로
서슴없이 달린다

이십 여분 고문당한 뒤
천지아래 기상대 정류장에 도착했다
동승한 사람들의 입에서
한숨소리 저절로 터져 나왔다
나는 지프차에서 내려
천지로 오르는 계단에 섰다
저 멀리 뭉게구름 하늘로 솟고
녹색초원 산 아래로 흐르고
발 아래 온 세상 펼쳐지고 있었다

별천지였다
나도 없고 너도 없고
하늘 아래 첫 동네
산천지 물천지 별천지였다

천문봉(天文峰) 바라보며 신바람 발걸음 재촉하니
형형색색으로 차려입은 인파
천문봉 좌우로 길게 늘어서 감탄사를 연발하며
경이의 눈으로 천지를 바라보고 있었다

99

허위단심 숨을 몰아쉬며 능선으로 오르자
눈앞에 펼쳐지는 천지(天池)

아! 이 순간
나는 무슨 말로
저 신비로운 장관을 표현할 수 있으랴
감격
목이 메어
아무 말도 나오지 않았다

눈물이 흐른다
주체할 수 없는 눈물이 두 볼을 타고 흐른다
나는 부끄럼 잊은 채
천문봉 능선 쇠말뚝 난간 붙들고
천지 이름을 목놓아 불러본다

하늘이 내린 천상의 호수
남빛 호숫가 병풍처럼 둘러선 영봉들
잿빛구름 타고 신선처럼 앉아 있다

천지(天池)
물천지 별천지 사람천지
닦아도 닦아도 멈추지 않는 눈물로
척박한 나의 영혼 정화(淨化)하시고

하늘이 내린 사람들
세상천지에서
사람이 사람답게 사는 세상

통일조국 흥성스러운 날
부디부디 보게 하소서

100

백두산 등산코스는 3개의 코스가 있다
하나는 이도백하에서 북파산문(北坡山門)을 거쳐
소천지, 장백폭포, 천문봉,
백두산 천지를 보는 코스이다
백두산을 찾는 관광객들이
가장 많이 등반하는 대표적인 코스다

두 번째 코스는 송강하(松江河)에서
서파산문을 지나
천여 개 계단을 올라가
고산화원, 금강대협곡, 백운봉, 천지를 보는 코스다.

세 번째는 장백현(長白縣)에서 남파산문을 통해서
북중국경선을 따라 올라가
압록강 대협곡, 양폭, 화산목 지대를 지나
천지에 이르는 코스다.

백두산은 중국 10대 명산 중에 하나로
1980년 유네스코 생물권보호지구로 지정되었고
9월 중순부터 5월 하순까지 눈이 내린다.

가장 좋은 백두산 여행시기는 6월에서 9월인데
안타깝게도 비가 많이 내리는 우기(雨期)라
천지를 볼 수 있는 날이 그리 많지 않다.

백두산은 백번 오르면
두 번 천지를 본다는
우스갯소리 만들어졌지만
그래도 천지를 볼 수 있는
가장 좋은 시기는
8월 중순부터 한 달간이다

백두산 화원 고산지대
아름답고 향기로운 야생화 피어나고
팔월이 오면 천상의 화원이 펼쳐진다

청자빛 꽃이 피어나는 비로용담
황금색 빛깔이 고운 꽃 금매화
천지 가는 길 소담스러운 노란 민들레
채송화를 닮은 줄기에 붉은꽃이 피는 바위꽃
연노랑 꽃잎 두메양귀비
구름을 닮은 꽃송이 구름국화
수줍은 흰색꽃 피는 백두산 만병초
파란 잎사귀 연분홍 꽃 바위구절초
앙증맞은 하얀꽃 긴 대 개망초
푸른 벼이삭 빼닮은 산오이풀

북파산문에서 지프차를 타고 올라가 천지 기상대에서 내려 천
문봉(天文峰)과 천지를 향해 비탈길을 올라가다보면 오른쪽으
로 승사하 대협곡이 펼쳐지고, 왼쪽으로는 백두산 아래로 대평
원이 펼쳐진다
천문봉(2670m)에 오르면 천지를 향해 왼쪽방향이 북한지역으
로 백두산에서 가장 높은 장군봉(2750m)이 우뚝 서 있고, 그
아래로 북한에서 설치한 천지로 내려가는 계단이 갈지(之)자
모양으로 하얗게 보인다.

백두산은 산해경(山海經)에 불함산(不咸山), 개마대산, 태백산 등으로 불렸고, 한국문헌 삼국유사에 태백산, 고려사에 백두산 이름이 등장한다. 고려 이후에 태백산, 백산, 도태산으로 불리기도 했으며, 중국에서는 창바이산(長白山)이라 부르고 있다

천지(天池)는 천상의 호수란 뜻으로 용왕담, 달문담, 천상수 등으로 다양하게 불렸다. 호수 지름이 약 4km에 달하며 수면고도는 2257m 수심이 평균 220m 가장 깊은 곳은 384m에 이른다. 천지 둘레는 14km에 달하며 11월에 결빙이 시작되어서 6월초까지 얼음이 녹지 않는.

천지에서 장백폭포로 물줄기가 흘러가는 곳을 달문이라고 부르며 장백폭포까지 깊은 협곡이 이어져 있다. 천지 주위에는 16개의 높은 봉우리가 있는데 6개는 북한에 속하고 7개는 중국에 속하며 3개는 국경에 걸쳐 있다.

101

한민족 건국신화 민족시원 백두산
하늘이 내린 사람들 성지(聖地)
천기 서린 민족정기 거룩한 영산(靈山)

죽(竹)의 장막 낯선 이방인들
철조망보다 무서운 동아줄 매어놓고
도끼눈 부릅뜨고 겨누는 총부리
반쪽 백두산 보고 말았네

우리가 가야할 백두영봉들
피를 나눈 형제 붉은 깃발로 막고

붉은 이데올로기 노예 되어
민족영산마저 두 동강 내었구나

언제까지 동강난 강토에서
허접한 신노름 아해들 불장난
허망한 총부리 동족에게 겨누려 하는가

가벼운 배낭 하나 짊어지고
반갑습니다 동포형제여
스스럼없이 어깨동무하며
백두에서 한라까지 함께 걸어갈 날
그 언제나 올 것인가

머나먼 이국땅 나그네 서글픈 눈물
동포여 형제여
서로 얼싸안고 흘리는 감격의 눈물로
백두영봉 얼싸안고 춤출 날
그 언제나 올 것인가

이름도 없이 드넓은 만주벌판
무거운 배낭 짊어지고
항일독립전쟁 유적 찾아 눈물로 헤매는
고독한 나그네
오늘도 백두산에 홀로 올라
천지 건넛마을 속절없이 바라본다

분단 70년 동토의 땅
서리 가마귀 우짖는 북녘하늘 아래
가슴 에이는 인민들 절규
탄식으로 빚는 한숨 소리들

보고싶다는 말 가슴에 묻은 채
임진강 기러기 눈물로 그린다

하얀 미소 인류공영 가면(假面)
독수리 같은 열강들
숨겨진 발톱
세계 패권 쟁탈 낡은 이데올로기 놀음
허리 잘린 아픔 눈물로 저려오는
동포여 형제여
울부짖는 조국 산하여

차가운 북녘 수령주의 독재권력
자가당착 망동들
따뜻한 남쪽 자본주의 경제대국
밥그릇 챙기기

끝없이 이어지는 평행선
브레이크 없는 기차
마주보고 달려가는 사람들

손에 손잡고 하나가 되어
신바람 더덩실 춤추는
한(韓)민족 대한조선(大韓朝鮮) 나라
동방의 빛
인류 광명으로 하늘이 내린 사람들
거룩하고 창대한 미래
해 뜨는 아침이 밝아오고 있다

꿈은,
진실한 꿈은

반드시 이뤄진다고 했다
팔천 만 겨레
진실로 바라고 원하는
그 한마디
통일

하늘이 감동하고 대지가 감흥하여
팔천만 겨레 가슴 우러나는
조국통일
그날이 오면
더덩실 신바람 춤을 추며
묘향산 개마고원 삼지연
육천 년 역사 피로 가꾼 우리들 땅으로
백두산 오르는 꿈
오늘도 가슴에 오롯이 심는다

한민족 역사담론서사시

대한국인의 노래

1판 1쇄   2014년 7월 10일
지은이 최범산
펴낸이 은보람
펴낸곳 도서출판 달과소

출판등록 2013년 10월 7일 제2013-000070호
주소 우)140-902 서울시 용산구 두텁바위로 101-1
전화 02-752-1895 | 팩스 02-752-1896
전자우편 book@dalgwaso.com
홈페이지 www.dalgwaso.com
찍은곳 심안인쇄
ISBN 978-89-91223-61-5 [03810]

정가 12,000원

* 무단 전재와 무단 복제를 금합니다.
* 잘못된 책은 구입하신 곳에서 바꾸어 드립니다.